OLIVER TWIST

雾都孤儿

OLIVER TWIST

〔英〕狄更斯◎著

黄水乞◎译

辽海出版社

图书在版编目（CIP）数据

雾都孤儿 /（英）狄更斯著；黄水乞译 . —沈阳：辽海出版社，2017.9

ISBN 978-7-5451-4394-2

Ⅰ . ①雾… Ⅱ . ①狄… ②黄… Ⅲ . ①长篇小说—英国—近代 Ⅳ . ① I561.44

中国版本图书馆 CIP 数据核字（2017）第 228250 号

责任编辑：丁　雁　孙德军
封面设计：余　微
责任校对：胡志茹

出版者：辽海出版社
　地　址：沈阳市和平区十一纬路 25 号
　邮　编：110003
　电　话：024-23284381
　E-mail：dszbs@mail.lnpgc.com.cn
　http://www.lhph.com.cn
印刷者：北京德富泰印务有限公司
发行者：辽海出版社

幅面尺寸：160mm × 230mm
印　　张：14
字　　数：215 千字

出版时间：2018 年 1 月第 1 版
印刷时间：2018 年 1 月第 1 次印刷
定　　价：22.80 元

译本序

1837年，年仅25岁的英国天才小说家狄更斯写出他的第一部社会小说《雾都孤儿》。我在上世纪60年代的大学英语课本中，就曾读过选自这部小说的名篇《奥利弗要求添粥》。通过后来对原著多遍的熟读及翻译，迄今我仍能感受到它给人的震撼力。

首先，《雾都孤儿》把读者引入了一个贫困、压迫和死亡的世界。济贫院里的那些面黄肌瘦、饥肠辘辘的孩子所遭受的压迫，来自于济贫院董事会，尤其是“那个身穿白背心的胖绅士”所操纵的政府机构，他是压迫制度的代表。至于那些拿薪俸的政府官吏，如牧师助理邦布尔和女总管等则是其代理人，受其雇佣，替其维持道德和现存的秩序。他们所使用的压迫方法是暴力和饥饿。孩子们常常挨打受骂，个个被饿得几乎要“人吃人”。当然，有压迫就会有反抗。当无辜的小叛逆者奥利弗走到大师傅跟前要求添粥时，这需要多大的勇气啊！这象征着他们的反抗和斗争。狄更斯的全部创作始终贯穿着人道主义思想。他总是本能地站在被压迫者的一边反对压迫者，不管被压迫者是如何弱小、压迫者是如何强大。然而，奥利弗的力量太单薄了，除了被暴打一顿外，根本不可能取得胜利。不过，也正因为如此，他才赢得读者更多的同情和泪水。而死亡则无处不见：小说开头奥利弗母亲的死，结尾费金、赛克斯等人的死，后来奥利弗被牧师助理卖给殡仪员索尔贝里先生当学徒，他睡在棺材铺里，吃的是猪狗食，参加了一连串的葬礼，又目睹了一个个穷人病死、饿死。不少被压迫者为生活所迫，有些变得堕落、腐化，成了压迫者、杀人犯，或死尸，如赛克斯和南希，就连奥利弗和他的小伙伴迪克都盼着早早地死去，免得受苦。这是一个多么残忍、悲惨的世界！

《雾都孤儿》之所以有价值，是由于它描述了穷人们在英国的悲惨遭遇。除了上述骇人听闻的贫困、压迫和死亡之外，我们还见识了教区的“育婴”农场、令人毛骨悚然的棺材铺、污秽的贼窝、泥泞的伦敦街头小巷、墨黑的泰晤士河水、高大且阴森可怖的绞刑架、漫天的大雾、发出恶臭的垃圾堆以及教堂、监狱等。狄更斯常常用这些来隐喻资本主义社会的腐朽，充分地反映出他对资本主义社会的痛恨心情。

读者也许不禁要问：英国当时的济贫院和社会究竟怎么啦？其实，早在19世纪初，英国受法国革命(1789—1792)和拿破仑时代(结束于1815年)的影响，国内社会动荡不安，经济异常萧条。因此，很长时间以来，济贫工作一直是英国的主要工作，贫民的数量日益增加，英国从伊丽莎白女王时代起就开始进行直接的救济活动了。然而，筹措济贫经费需要征收沉重的教区税务，也因此导致了种种弊端，许多体格健全的人宁愿接受政府的救济，也不愿去寻找工作。这样反过来又挫伤了渴望独立自救的工人找工作的积极性，形成了恶性循环。1830年威廉四世上台，托利党控制了政府。1832年通过了议会选举法修正法案，英国采取了新的理念，以对付伤脑筋的贫民问题。1834年颁布的《济贫法》规定：凡体格健全的贫民必须住进济贫院。居住在济贫院的贫民成了公开耻辱的众矢之的。于是济贫院愈加不受欢迎，因为政府故意让济贫院里的生活环境变得更加恶劣，令人难以容忍。然而从另一个角度来看，此项计划倒是成功的，因为此后三年之内，济贫院的费用减少超过三分之一。只是新的济贫制度受到严厉的责难，人们把日益增加的犯罪归咎于它。显然，狄更斯在《雾都孤儿》中，将1834年的《济贫法》作为谴责的目标。

其次，《雾都孤儿》也将读者引入了另一个富足的、善良的及和谐的世界。布郎洛先生和梅利太太两家是伦敦中产阶级的代表，与上述济贫院、棺材铺、贼窝等形成了鲜明的对比。列宁在参观资本主义的堡垒伦敦时，见过了繁华的西区和贫穷的东区后，曾发出“简直是两个国度！”的感慨。即便已经到了20世纪初，美国著名作家杰克·伦敦在其《深渊里的人们》一书中，对此也有更详细的描述。《雾都孤儿》在第十二章描写了奥利弗被警察追赶，失去知觉，被他父亲的好友布朗洛先生从法庭带回家，他一醒过来，发现自己已从先前污秽、贫穷的境遇，来到了一个舒适、祥和的环境。首先映入眼帘的是布郎洛先生的女管家“慈母般的老太太”。后来，小说中陆续出现了许多人物，我们都看到了他们的善良之举。譬如，布朗洛先生之前帮助奥利弗摆脱法庭的审讯，尔后又帮他夺回被蒙克斯侵吞的财产，最后还收养他为义子，用自己丰富的知识极力地培养他；善良、温柔的奥利弗姨妈——罗斯小姐——与养母梅利太太一起，救下了被逼行窃而受伤的奥利弗；善良、热情的洛斯伯恩医生——亦是布朗洛先生的朋友——帮助罗斯小姐设计从警察那儿免除对奥利弗的追查；性格古怪的格里姆威格先生也曾参与为奥利弗追讨财产的努力；南希小姐虽出身贼群、身陷贼窟，但良心未泯，她冒着生命危险把偷听来的蒙克斯的阴谋告诉罗斯小姐，结果惨遭赛克斯杀害；奥利弗对布朗洛先生（包括对慈祥的女管家贝德温老太太）、对罗斯姨妈一家，甚至对病恹恹的小同伴迪克表现出的善良和感恩等。小说的最后一章为读者展现了一幅善良的人们享受亲情和友情、享受天伦之乐的和谐画卷：罗斯小姐和哈里·梅利结婚，在乡村教堂安了家；布朗洛先生带着义子奥利弗和女管家搬到离姨妈的住宅不足一英里的地方居住，以了却奥利弗的心愿；洛斯伯恩先生、格里姆威格先生与布朗洛先生和哈里牧师等人形成了一个小小的社交团体，成了莫逆之交；奥利弗则在义父的精心培养下茁壮地成长。狄更斯既是一个现实主义者，也是一个理想主义者。这就是他为本小说做出的最后安排，难怪后人将狄更斯捧为“召唤人们回到欢笑和仁爱中来的明灯”。

善有善报，恶有恶报。杀人犯赛克斯在逃亡中被自己设置的套索活活吊死；费金因罪大恶极被处以绞刑（注：在 1800 年的英国，多达 220 种罪可使被告被处以绞刑，其中有不少是轻罪，结果是陪审团常常拒绝证明被告有罪，到了 1837 年，就只剩下 15 种罪可判死刑了）；蒙克斯挥霍完财产后又犯下诈骗罪而遭长期监禁，最后死在牢里；牧师助理邦布尔夫妇被免职，沦为济贫院的贫民；“机灵的蒙骗者”道金斯不思悔改，被判无期徒刑；而痛改前非的贝茨少爷最终当上了北安普敦郡的年轻牧场主。

苦难的童年往往能催生出伟大的作家。狄更斯在八个兄弟姐妹中排行老二，父亲负债入狱，他 12 岁就进鞋油厂当童工。他在其短暂的一生中共创作了 14 部完整的长篇小说，还有大量的中、短篇小说。马克思将他和萨克雷、夏洛蒂、盖斯凯尔夫人一起，称为“现代英国的一批杰出的小说家”。马克思称赞“狄更斯在自己卓越的、描写生动的作品中向世界揭示的政治和社会真理，比一切职业政客、政论家和道德家加在一起所揭示的还要多”。《雾都孤儿》丝毫不比哈门兹的《市镇工人》及恩格斯的《英国工人阶级状况》(1944年)等社会历史著作逊色。《雾都孤儿》生动地塑造了一批形象鲜明的人物,他们为读者所熟悉、牢记。他们的苦难与抗争,他们的音容笑貌、喜怒哀乐,唤起了读者的无限同情、怜惜和喜爱。这,就是文学强大的感染力和震撼力!

黄水乞

2012年3月16日

于厦门大学

目　录

扫码听书

第一章

讲述奥利弗·特威斯特的出生地及出生时的情况

在某座城镇一个历来常见的机构——济贫院，一个婴儿诞生了，他的名字就在本章的标题中。

当教区医生将这婴儿迎进了这个充满悲哀和苦恼的世界之后，孩子究竟能不能活下来并拥有自己的名字，这些长期来一直是一个相当值得怀疑的问题。事实是，要使奥利弗利用自己呼吸的系统有相当的难度。他在褥垫上躺了一会儿，喘息着，在今生与来世之间徘徊。显然，在徘徊后后者占了上风。他身边除了一个贫民老太太和教区医生外，再没有任何人。老太太因啤酒喝得太多而处于迷迷糊糊的状态，而医生则是按照合同来履行义务的。经过几番挣扎之后，奥利弗呼吸了，打了个喷嚏，并发出第一声啼哭，开始向济贫院的居住者们宣告：从此教区又添了一张嘴，增加了一个新负担。

当奥利弗首次证明自己肺部自如和独特的功能时，他被草草地丢在铁床架上的拼缀起来的床罩上，一位年轻妇人的苍白的脸从枕上无力地抬起，一个细若游丝的声音断断续续地吐出这样一句话："让我看看孩子，然后再死。"

那位外科医生站起身来，朝那张床头走去，以亲切的语气说道：

"哦，你还不可以谈到死。"

“天啊，不！”护士插嘴道，“天啊！先生，当她活到像我这样的年纪，并且生了十三个孩子，除了活着的两个跟我一起住在济贫院，那时，她就该懂得当母亲的滋味吧，一个可爱的小宝宝呢，千万想一想。”

显然，以一位母亲的前景来宽慰这位女子未能产生预期的效果。病人摇了摇头，将一只手伸向孩子。

外科医生将婴儿放入她的怀里。她把自己冰冷、苍白的嘴唇深情地印在孩子的前额上。她双手摸了摸自己的脸，惊恐地凝视四周，浑身战栗起来。接着，身子往后一仰，死了。

“全完了，丁古米太太！”医生终于说道。

“护士，如果孩子哭了，随时叫我，不必在意，”医生极其审慎地戴上手套说道，“婴儿很可能会吵闹的，如果他闹了，就喂他一点粥。”他戴上帽子，在朝房门走去时又停在病床边，补充道，“她还是个漂亮女人，她从哪儿来的？”

“她是昨晚被送进来的，”老妇人回答道，“奉教会执事济贫助理之命。有人发现她躺在街上，她已经走了相当远的路，因为她的鞋已破烂不堪。可是她从哪儿来，要往哪儿去，谁也不知道。”

医生俯身向着尸体，抬起了她的左手。“还是老一套，”他摇摇头，说道，“手上没有戴戒指。啊，晚安！”

医生离开那儿用晚餐去了。护士在火炉前面的一张矮椅子上坐下来，开始为婴儿穿衣。

奥利弗一个劲地哭着。倘若他知道自己是个孤儿，将任凭教会执事和济贫助理摆布，也许会哭得更起劲。

第二章

讲述奥利弗·特威斯特的成长、教育和膳食情况

在紧接着的八个月或十个月中，奥利弗成了一系列背信弃义和欺上瞒下行径的牺牲品。这个孤儿的饥饿和贫困的情况，由济贫院当局及时地向教区当局汇报。教区当局做了一个宽宏大量极其人道的决定：奥利弗应该送去“寄养”，在那儿，每周七便士半的伙食，对一个小孩来说是很可观的了，可以买好多东西，足够使他吃得过饱，撑得难受。这位老妇人是个有知识、有经验的人，对于自己有利的也算计得非常精明。于是，她把他们每周津贴的大部分据为己用，留给教区孤儿的生活费用甚至少于规定的标准。

奥利弗·特威斯特到了九岁生日时仍是个面黄肌瘦的孩子，身材有些矮小，腰围显然太细。他正在煤窑里跟挑选出来的另外两位小绅士一起庆祝生日。因为令人震惊的是，他们俩竟敢喊饿，跟他一起被狠揍了一顿之后，一直被关在煤窑里，就在这时候，济贫院慈善的女主人曼太太被牧师助理邦布尔先生的出现吓了一跳。邦布尔先生正竭力想打开庭园大门上的边门。

“天啊！是你吗，邦布尔先生？”曼太太说道，欣喜若狂地将脑袋探出窗外，一边低声交代苏珊快把奥利弗和那两个小家伙带上楼，马上给他们洗澡，“我的天啊！邦布尔先生，见到你我多高兴啊，真的！”

曼太太把牧师助理领进一个用砖铺地的小客厅，为他安排一个座位，殷勤地把他的三角帽和手杖放在他面前的方桌上。邦布尔先生从额头上擦

去刚才步行时冒出的汗，自鸣得意地望了一眼那顶三角帽，笑了。是的，他笑了。牧师助理也是人，邦布尔先生笑了。

“现在谈正事，”牧师助理说道，掏出一本皮革面笔记本，“那个差不多算受过洗礼的孩子奥利弗·特威斯特今天正好是九岁生日。”

“愿上帝保佑他！”曼太太插嘴道，用她的围裙角把自己的左眼揉得又红又肿。

“尽管赏金十英镑，后来增加到二十英镑，尽管教区方面作出了极大的甚至可以说是异常的努力，”邦布尔先生说道，“我们仍然无法打听到他父亲是谁，也没有查明他母亲的住处、名字和身份。”

曼太太惊愕地举起双手，但考虑了片刻之后，又补充道：“那么，他怎么会有名字呢？”

牧师助理无比自豪地挺直身子，说道：“我杜撰的。”

“噢，你真有文彩，先生！”曼太太说。

“好啦，好啦，”牧师助理说道，显然对这种恭维感到满意，“也许是吧。也许是吧，曼太太。”他把那杯掺水的杜松子酒喝完，又补充道，“奥利弗太大了，不宜留在这儿了，董事会已决定带他回济贫院。我是亲自来带他回去的。马上让他来见我。”

“我马上带他来。”曼太太说完，离开了房间。奥利弗的脸上、手上结满了污垢，给他洗了一次澡勉强清洗掉外层污垢之后，他被领进了慈善的女保护者的房间。

“奥利弗，你愿意跟我一道走吗？”邦布尔先生以威严的声音说道。

奥利弗正想说他随时乐意跟任何人一块走时，抬头发现曼太太就在牧师助理的椅子背后，一脸怒不可遏的样子，并向他挥拳威胁。他马上领会她的暗示，因为那只拳头常落到他身上，他记忆犹新。

“她能跟我一道去吗？”可怜的奥利弗问道。

“不，她不能。”邦布尔先生回答，“不过她有时会来看看你。”

这对那个孩子来说并不是什么莫大的安慰。他虽然年纪小，也懂得假装舍不得离开。奥利弗确实很自然地哭了。曼太太给了他无数次的拥抱，也给了奥利弗更想要的东西——一片面包和黄油，免得他到了济贫院时看上去太饿了。奥利弗手里拿着那片面包，头上戴着褐色的教区小布帽，跟邦布尔先生离开了这个可怜的家。

邦布尔先生昂首阔步地朝前走，小奥利弗紧紧地抓住他金丝带镶边的袖口，在他旁边快步跟着，每走完四分之一英里就问一次，他们是否“快到那儿了”。

到达济贫院之后，邦布尔先生将奥利弗交给一位老太太照料便走开了。但奥利弗来到这里还不到一刻钟，他的第二片面包尚未吃完，邦布尔先生却又回来了。他告诉奥利弗，董事会今晚开会，董事们马上要见他。

邦布尔先生叫他跟着，把他领到一个粉刷过的大房间里。房间里放着一张方桌，围坐着八个或十个胖乎乎的先生。一位圆脸盘、脸色红润又特别胖的先生坐在首席，他坐的扶手椅比其他的椅子都高。

“你叫什么名字，孩子？”坐在高椅上的那位先生问道。

奥利弗见到这么多先生吓得要命，浑身不停地发抖。牧师助理又从后面轻轻敲了他一下，他便大哭起来。

“嘘！”这位先生又说道，“你知道你没有爸爸或妈妈，你是由教区抚养的，是吧？”

“知道，先生。”奥利弗回答，伤心地哭泣着。

“好啦！你到这儿来是为了接受教育，学会一门有用的手艺。”坐在高椅子上脸色红润的先生说道。

“明天早晨六点，你就开始撕麻絮[①]。”穿白背心的那个粗暴的人补充道。

奥利弗在牧师助理的提醒下又深深地鞠了一躬，然后被匆匆带到一间大的收容室。奥利弗躺在粗糙而硬邦邦的床上一直哭到睡着为止。

可怜的奥利弗！当他进入梦乡对周围的一切一无所知的时候，他根本没有想到董事会就在当天达成了一项决议。它将运用最实质性的影响来控制他今后的一切命运。

奥利弗·特威斯特被转移之后的头六个月，这项制度正在全面地实施。

孩子们用餐的房间是个石头砌成的大厅，每一端都有一只大锅。到了进餐时间，系着围裙的师傅在一两位女人的协助下，用长柄勺子从大锅里舀粥。每个男孩只给一小碗粥，再没有了——除非遇到什么盛大的节日或喜庆的场合，可以外加二又四分之一盎司的面包。那些碗从来不用洗。孩子

① 用来填塞船缝或管子接头等的材料。

们用汤匙刮，直到它们闪闪发亮为止。奥利弗·特威斯特和他的同伴忍受了三个月慢性饥饿的折磨之后，终于饿得快发疯了。于是，孩子们商量过了，抽签决定由谁在那天的晚饭后走到大师傅跟前，要求再给添点粥。结果这项任务就落在奥利弗·特威斯特的身上。

夜幕降临了，孩子们纷纷落座。身穿厨师制服的大师傅站在大锅旁，他的帮手们站在他后面。稀粥分配好了，长长的感恩祷告在开饭之前做过了。稀粥三两下就吃光了，孩子们开始窃窃私语，并向奥利弗使眼色。他旁边的孩子还用肘轻轻地推他。虽然奥利弗是个小孩，但他饿极了，并且因痛苦而不顾后果。他从餐桌上起立，手里拿着盆子和汤匙，朝大师傅走去，对自己的鲁莽多少感到有点恐慌，他开口说道：

“对不起，先生，我还要一点。”

大师傅是个胖墩墩的壮汉，但他的脸色一下变得异常苍白。他呆若木鸡地盯着这个小叛逆者足足有几秒钟之久，然后抓住那只大锅以撑住身子。他的助手们也吓得目瞪口呆，孩子们见状也都害怕极了。

“什么？”师傅终于以微弱的声音说道。

“对不起，先生，”奥利弗回答道，“我还要一点。”

师傅用饭勺对准奥利弗的头部击去，并用双臂将他钳住，还尖声地喊叫牧师助理快来。

董事会正在举行秘密会议，这时邦布尔先生无比激动地冲了进来，对坐在高椅子上的先生说：

“林金斯先生，请原谅，先生！奥利弗·特威斯特还想要。”

与会者个个十分惊奇，每个人的脸上无不露出惊骇的神色。

“还要！”林金斯先生说道，“镇静，邦布尔，清楚地回答我。他吃了按定量配给的晚饭后还想要，我没听错吧？”

“没错，先生。”邦布尔回答道。

“这孩子将来会被绞死，”穿白背心的先生说道，“我知道这孩子将来会被绞死。”

谁也没有反驳这位先生的话，接着他们开展了一场热烈的讨论。奥利弗马上被奉命禁闭起来。第二天早晨，济贫院的大门外贴了一张布告，布告声称：愿出五英镑赏金，奖给愿意接替教区照管奥利弗·特威斯特的人。

第三章

讲述奥利弗·特威斯特差点儿谋到一份差事，它可不是一个挂名的差事

奥利弗犯了还想要添粥这种亵渎不敬的罪过之后的那一星期，智慧又仁慈的董事会将他囚禁在幽暗而凄冷的房间里严加看管。

奥利弗在单独禁闭期间，在寒冷的晴天，他被允许每天早晨在邦布尔先生的监督下，到围着石墙的院子里去，在那儿的水泵下完成沐浴。邦布尔先生频频地用手杖抽打他，让他全身产生火辣辣的感觉，以免他受凉。他每隔一天被带进孩子们用餐的大厅，在这儿被当众鞭打，以示警诫。每天晚上在祷告时被踢进同一个大厅里，在那里倾听孩子们的集体祈求以此来安慰他的心灵。

奥利弗正处于如此"吉利"和"舒适"的状态时，一天早晨，扫烟囱的工人甘菲尔德先生碰巧沿大街朝这边走来，心里正在盘算支付房租尾数的方法，因为房东对这些欠租逼得很紧。甘菲尔德先生对自己的财政状况，哪怕做最乐观的估计，也筹措不起所需的五镑款子。他被这道数学难题逼得近乎绝望，边绞尽脑汁边鞭打毛驴行走着，就在这时，他路过济贫院，看到了大门上的布告。

穿白背心的先生正背着双手站在大门口，看到甘菲尔德先生来到跟前看布告时，他高兴地笑了，因为他马上看出，甘菲尔德先生正是奥利弗·特威斯特所需要的那种主人。

“这男孩晓得教区想让他当学徒吗，先生？”甘菲尔德先生问道。

“当然，我的朋友，”穿白背心的先生脸带傲慢的笑容回答道，“这对他又有什么关系呢？”

“如果教区要他学一门正当的合意的手艺的话，打扫烟囱是体面的行当，”甘菲尔德先生说道，“我正需要一个徒弟，我愿意带他走。”

“请进。”穿白背心的先生说道。

“那是个肮脏的行当。”林金斯先生在甘菲尔德先生再一次说明自己的愿望后说道。

“在这之前，不少小男孩曾经被闷死在烟囱里。”另一位先生说道。

“那是为了让他们下来，先将稻草弄湿再在烟囱里点着的缘故。”甘菲尔德先生说。

董事们彼此交谈了几分钟，最后，交头接耳的谈话声停止了，董事会成员坐回原位，恢复庄严的神情之后，林金斯先生说道：

“我们已经考虑过你的要求，可我们不同意。”

“一点也不同意。”穿白背心的先生说。

“坚决不同意。”另一位先生附和道。

“这么说你们是不让我要他喽，先生们？”甘菲尔德先生说道，在靠门的地方停下来。

“是的，”林金斯先生回答道，“这是一个肮脏的行当，至少你收的赏金应该比我们所提出的少一点。”

甘菲尔德先生脸上立即露出喜色，又快步地回到方桌旁，说道：

“你们愿出多少，先生们？得啦，别对一个穷人太抠了。你们愿意出多少？”

“据我看，三英镑十先令就很多了。”林金斯先生说。

“十先令不必加了。”穿白背心的先生说。

“得啦，”甘菲尔德先生说，“四英镑怎么样，先生们？出四英镑，你们就可以永远地摆脱他了。好啦？”

“三英镑十先令。”林金斯先生重复道，毫不松口。

“你们简直太抠了，先生们。”甘菲尔德先生犹豫不决地说。

“呸，呸，胡说！”穿白背心的先生说道，“即使没有一分赏金，你要了他也是很划算的。带他走吧，你这个傻瓜！他正是你所需要的男孩。要不时地给他敲打敲打，这对他有好处。他的伙食也不必费多少钱，因为自从他出生以来就未曾给他吃得很饱。哈！哈！哈！”

交易已经达成。邦布尔先生马上接到指示，他必须在当天下午就把奥利弗·特威斯特和学徒契约送到地方行政官那儿去签署和批准。

在他们前往见地方行政官的路上，邦布尔先生叮嘱奥利弗说，他所要做的，只是露出很高兴的样子。等行政官问他是否想当学徒时，就说他确实非常愿意。对这两项命令，奥利弗答应照办，何况邦布尔先生还温和地暗示：如果两项命令都未能服从，不晓得会怎样处置他。他们抵达办公室时，他被独自关在一个小房间里。邦布尔先生告诫他待在那儿，等他回来接他。

这孩子怀着忐忑不安的心情在那儿待了半小时，一位先生马上带他到隔壁房间，这是一个大房间，窗子也很大。在一张书桌后面坐着两位头上搽了粉的老先生，林金斯先生站在书桌的一侧，脸都没洗干净的甘菲尔德先生站在另一侧。两三个脚穿长筒靴、样子粗鲁的人正在来回闲逛。

正在看报的老先生抬起头，瞧了瞧，拉了一下另一位先生的袖子，于是，后者醒了过来。

“噢，就是这男孩吗？”老先生问。

“就是他，先生。”邦布尔先生答道，“向行政官鞠躬，亲爱的。”

奥利弗振作了起来，恭顺地向行政官鞠了一躬。

“好啦，”老先生说道，“我想他喜欢扫烟囱吧？”

“他喜欢极了，阁下。”邦布尔先生回答，同时偷偷拧了奥利弗一下，暗示他最好别说不喜欢。

老先生用手托了一下眼镜，使之更稳固地架在鼻梁上，而后四下张望，寻找墨水台。

这是决定奥利弗命运的关键时刻。如果那个墨水台就在老先生认定的地方，他就早已拿笔蘸墨水，在师徒契约上签上字，奥利弗也就马上被匆匆带走了。可是，墨水台碰巧就在他的鼻子底下。结果他依然在书桌上找却找不到。他在寻找的过程中，无意中目光恰好触及奥利弗·特威斯特那张苍白、惊恐的脸。奥利弗一脸厌恶和害怕交织在一起的复杂表情，注视着他未来的师傅那令人憎恶的面孔，显然连眼睛半瞎的地方行政官都看出来了。

老先生停下来，放下鹅毛笔，先看看奥利弗，又看看林金斯先生。后者装出一副高兴的、漫不经心的样子，试图吸鼻烟。

“我的孩子！”老先生说道，“你看上去脸色苍白、惊慌失措，怎么啦？”

奥利弗跪下来，两手十指交错地紧握着，祈求他们把他送回黑屋子去——如果他们乐意的话，可以饿他、打他甚至杀死他，但就是别打发他与那个可怕的人一起离开。

戴玳瑁眼镜的老先生看了他的同事一眼，他的同事意味深长地点了点头。

“我们拒绝批准这份学徒契约。”老先生说着，把那张羊皮文件抛到一边。

“我希望，”林金斯先生结结巴巴地说，“我希望地方行政官不要听信一个小孩的未经证实的言辞，就认为教区当局有处置失当的行为。”

“不要要求地方行政官对这个问题发表任何意见，”第二位老先生严厉地说道，“把这个孩子带回济贫院，仁慈地待他。他似乎需要仁慈。”

第二天，公众再次获悉奥利弗·特威斯特又要被“出让”。谁愿意拥有他，就可以获得五英镑赏金。

第四章

奥利弗因有人给他提供
另一职位，初次踏入社会

名门望族之家如果不能为成长中的年轻人谋得实有的、复原的[①]、继承的或可望的有利职位时，通常送他们去航海。董事会效仿这一明智之举，商议用某条驶往一个有损健康的港口的小商船，将奥利弗·特威斯特遣送走。这是处置他的最佳选择。

邦布尔先生被派去打听情况，看是否能找到一位船长需要没有任何亲友的船舱服务生。他完成任务后正返回济贫院复命，在大门口遇到教区殡仪员索尔贝里先生。

索尔贝里先生长得高大、瘦削，穿一套破旧的黑衣服，脚上的黑长袜是织补过的，一双黑鞋和袜子很相配。他友好地与邦布尔先生握手。

“我刚刚给昨晚去世的两个女人量了尺寸[②]。”殡仪员说道。

“你会发财的，索尔贝里先生。”牧师助理说着，将拇指和食指插进殡仪员递上的鼻烟盒。那是一个精巧的、别出心裁的小棺材模型。

“你这么认为吗？”殡仪员半信半疑地说道，“董事会规定的收费很低，邦布尔先生。”

---

① 授予的财产或名分在一定条件下复归原授予者或其继承人。

② 量死者的尺寸准备做棺材。

“棺材也很小啊。”牧师助理笑着回答，其笑容恰到好处，不失一位显贵的官员的身份。

“顺便问问，”邦布尔先生说道，“你知道谁想要个学徒吗？济贫院有个男孩，眼下是教区的累赘，可以说是套在教区脖子上的沉重负担。条件十分优厚，索尔贝里先生，优厚的条件！”邦布尔先生说着，举起手杖指着在他上方的布告，在“五英镑”的字眼上清脆地敲了三下。“五英镑”用的是大号的罗马大写字母。

“天啊！”殡仪员说着，一把抓住邦布尔先生的公务制服的金边翻领，“这正是我想跟你说的事。”

“唔！”邦布尔先生说，“怎么？”

“唉，”殡仪员回答，“我一直在想，当我为穷人的地方税支付了好多钱，我有权尽可能多地从他们当中要回来，邦布尔先生。因此——因此，我想带走这个小孩。”

邦布尔先生一把抓住殡仪员的胳膊，把他领进屋里。索尔贝里先生与董事会在密室里商谈了五分钟。商定奥利弗当天晚上就得随他去“试用”。

当天傍晚，小奥利弗被带到“先生们”面前，并获悉他当晚就得离开济贫院，去给棺材制造商当小男仆。同时还被告知，如果他抱怨这种境遇，甚至再逃回教区，那么，他将被送去当海员，在那儿是被溺死还是被敲破脑袋，那得视情况而定。奥利弗听到自己得被打发到某地的消息，他一声不吭。当行李塞进他手里时，他拉下帽子遮住自己的眼睛。行李拿起来并不难，因为全部行李只装在一个半英尺见方、三英寸厚的牛皮纸包裹里。他再次抓着邦布尔先生的衣袖，让这位尊贵的要人把他带到另一个新的受苦地点。

邦布尔先生进来时，殡仪员的店铺刚刚打烊，他正借助最昏暗的烛光在记流水账。

“啊哈！”他在一个字写到一半时停了下来，从账本上抬起头来，“原来是你呀，邦布尔！”

“正是我，索尔贝里先生，”牧师助理回答道，“喂！我把那个小孩带来啦。”奥利弗鞠了一躬。

“噢！就是那个男孩，是吗？”殡仪员将蜡烛举过头顶，以便把奥利弗看得更清楚些，“索尔贝里太太，请过来一下好吗？亲爱的。”

索尔贝里太太从店铺后面的一个小房间走出来。她个子矮小，瘦削而干瘪，一副泼妇模样。

“亲爱的，”索尔贝里先生恭敬地说道，“这就是我对你提起的那个济贫院的孩子。”奥利弗又鞠了一躬。

“天啊！”殡仪员的妻子说道，“他太小了。”

“是呀，他有点儿小，”邦布尔先生看着奥利弗回答道，仿佛个子小是奥利弗自己的过错似的，“他个儿小，这是不容否认的。可是他会长大，索尔贝里太太——他会长大。”

“啊！我想他会长大的，”太太怒气冲冲地回答道，“吃我们的，喝我们的，他会长大的。我不认为领教区的孩子来有什么划算的，我才不这么认为呢，因为要养活他们，所花费用比他们本身的价值更多。好啦！下楼去，骨瘦如柴的小东西！”说完，殡仪员的妻子打开一道侧门，把奥利弗从一段很陡的楼梯推入一间又潮又暗的石头小屋。它是煤窖的前厅，被称为“厨房”。这儿坐着一位邋遢的女孩，她脚上穿着后跟已磨破的鞋子和破得无法再补的蓝色毛线长袜。

“嘿，夏洛特，”跟着奥利弗下楼的索尔贝里太太说道，“把搁在一边给特里普[①]预备的冷剩饭弄一些给这个孩子吃。特里普从早晨出去后就没回来，不用留着了。我想这个男孩该不会太挑剔，以至不愿吃吧——会吗，孩子？”

奥利弗一听说有吃的，眼睛立刻闪闪发亮，并因渴望狼吞虎咽地饱吃一餐而激动得浑身发抖，于是便作了否定的回答。满满的一盘粗劣、零碎的食物摆到了他面前。

“好啦，”奥利弗吃完晚饭时殡仪员的妻子说道。她一直默默地、恐怖地看着他吃饭，同时，已预见他今后的胃口也差不了，并为此担忧，“你吃完了吗？”

奥利弗伸手可及的地方再也没有可吃的食物了，于是他作了肯定的回答。

“那么，跟我来吧，”索尔贝里太太说着，拿起一盏暗淡、肮脏的灯带奥利弗上楼，“你的床就在柜台下面。我想，你不介意在棺材当中睡觉吧？嗐，快一点，别让我整晚待在这儿！”

奥利弗不再磨蹭，温顺地跟着新的女主人走了。

---

①狗名。

第五章

奥利弗与新伙伴混在一起。第一次参加葬礼，便对主人的生意有了成见

被单独撂在殡仪员店铺里的奥利弗把油灯放在工人的工作台上，他怀着敬畏和恐怖的心情怯生生地环顾四周。位于店铺中央的黑色支架上那口尚未完工的棺材，看上去如此阴森，犹如死亡本身一般，因此，他的目光每次投向那个凄凉的物体时，便忽然感到一阵寒冷，浑身直哆嗦。他几乎担心某个可怕的形体会缓慢地从那口棺材里抬起头来，把他吓得发疯。

清晨，奥利弗被店门外一阵猛烈的踢门声吵醒。在他匆匆忙忙地披上衣服之前，这声音又愤怒地、鲁莽地重复了大约二十五次。当他解开门链时，那人不踢了。

“开门，好吗？”一个声音喊道，那声音与踢门的那双脚同属一个人。

“马上开，先生。”奥利弗一边解开链子，转动钥匙开锁，一边回答道。

“我猜想你就是那新来的男孩，不是吗？”那个声音透过锁眼说道。

“是的，先生。”奥利弗回答道。

“你多大啦？”那声音问道。

“十岁，先生。”奥利弗回答。

“我是诺亚·克莱波尔先生，”孤儿院男孩说道，“而你是我的手下。把窗板卸下来，你这个游手好闲的小恶棍！”说完，克莱波尔先生又踢了奥利弗一脚，威风凛凛地走进店铺。这种举动大大地抬高了他的身价。诺亚自

己的出身极其卑微，身边的人也习惯侮辱和嘲笑他，他都忍着。可当他碰到奥利弗这个孤儿时，竟要在他面前耍起威风。

奥利弗在殡仪员的店里已经待了大约三星期或一个月。一天店铺打烊后，索尔贝里夫妇正在后面的小客厅用晚餐，索尔贝里先生毕恭毕敬地瞥了他妻子几眼之后说道：

“亲爱的——”他本想继续说下去，但见索尔贝里太太抬起头来，样子显得特别不友好，便突然止住不说下去了。

“怎么啦？”索尔贝里太太厉声问道。

“只是有关小特威斯特的事，亲爱的，”索尔贝里先生说道，“一个非常漂亮的男孩，亲爱的。”

“理应如此，因为他吃得够多的了。”太太说道。

“他脸上带着忧郁的表情，亲爱的，”索尔贝里先生继续说道，“这非常有趣。他会成为一个讨人喜欢的职业送丧人的，亲爱的。”

索尔贝里太太抬起头来，露出非常惊讶的表情。索尔贝里先生觉察到了，又接着说道，不让这位好心的太太有发表意见的时间。

“我的意思不是指参加成年人丧礼的普通送丧人，而是指办儿童丧事。儿童葬礼上用孩子来送殡是非常新鲜的。亲爱的，你相信好啦，它会产生极好的效果的。”

在经营殡仪业方面很有鉴赏力的索尔贝里太太听到这个新奇的主意也颇感意外，于是，他们迅速地做出决定：必须马上把这一行的诀窍传授给奥利弗。奥利弗必须陪他的主人参加下一次葬礼。

这种机会不久就到来了。第二天早饭后半小时，邦布尔先生来到店里，将手杖倚靠着柜台，掏出一本皮革面笔记本，从本子上抽出一张小纸条，交给索尔贝里。

“贝顿，”殡仪员的目光从纸条移向邦布尔先生，“以前我从未听说过这个名字。”

“前天晚上我们才听说这个家庭，”牧师助理说道，“本来我们对他们一无所知。后来，一位住在同一幢房子的女人请求教区委员会派教区医生给一位患重病的妇女看病。不凑巧医生出去吃饭了，但他的徒弟（一个非常聪明的小伙子）立即给他们送去装在黑瓶子里的药，可是后果怎么样呢？你知道这些叛逆者有多么忘恩负义吗？哦，病人的丈夫回话说，他妻子的病不适合服用那些药。免费赠送，用黑瓶子装，而他却回话说她不该服用，先生！”

想到这么恶劣的行为，邦布尔先生气得满脸通红，用手杖狠狠地敲击柜台。

“咳，”殡仪员说道，“我从——未——碰到过——”

“从未碰到过，先生！”牧师助理突然嚷道，“不，谁也没碰到过。可现在她死啦，我们得把她安葬，这是姓名住址。这件事办得越快越好。”

邦布尔先生由于情绪激动，竟把三角帽戴反了，而后，他匆匆离开了店铺。

“好啦，”索尔贝里先生拿起他的帽子，说道，“此事越早办成越好。诺亚，你照看店铺。奥利弗，戴上帽子，跟我来。”奥利弗乖乖地听从命令，跟随主人从事职业所规定的使命。

奥利弗和他的主人找到的这栋房子那扇敞开的大门，既没有门环，也没有门铃拉手。殡仪员小心地摸索着穿过黑暗的过道，一边叫奥利弗紧挨着他别害怕。他们登上二楼。殡仪员一头撞在楼梯口的一道门上，他用指关节敲门。

一个十三四岁的小姑娘出来开门。他走了进去，奥利弗紧随其后。

房间里没有生炉子，一个男人机械地蹲伏在空炉子上。一位老太太拉过一条矮凳走到冷冰冰的炉边，坐在他旁边。房间的另一个角落是一些衣衫褴褛的孩子。而门对面壁龛下的地板上一条破毯子覆盖着一样东西。奥利弗朝那个地方匆匆看了一眼，浑身战栗，不自觉地、蹑手蹑脚地更紧挨着他的主人，虽然那东西上盖着毯子，奥利弗仍猜出那就是尸体。

那个男人脸孔消瘦，面色苍白，头发和胡子已经灰白，眼中布满血丝。那位老太太的脸上满是皱纹，仅剩的两颗牙齿从她的下唇中突了出来。

“谁也不许挨近她，”殡仪员走向壁龛处时那个男人突然凶猛地惊跳起来，说道，“离远些！离远些，你不要命啊？”

殡仪员对他的胡言乱语不予理睬，却从口袋里掏出一条皮尺，在尸体旁边跪了一会儿。

“啊！”那个男人说着，突然跪在死去的女人的脚下，放声大哭，“跪下来，跪下来——你们统统围着她跪下来，你们听着！我说她是饿死的。我不晓得她病得多重，直到她突然发烧，然后骨头突破了皮。屋里既没有炉火，也没有烛光。她是在黑暗中死去的——在黑暗中！我为了她到街上要饭，却被投进监狱。我回来的时候她已经快不行了。我心中所有的血液都干涸了，因为她是活活被饿死的。”他双手揪头发，而后发出一声尖叫，在地板上滚爬。他的双目定定的，满口吐着白沫。孩子吓得大哭，而旁边的老妇人却充耳不闻，她只关心借着去送葬的理由可以得到多少吃的。

第二天，这户丧家得到两磅重的面包和一块奶酪的救济，奥利弗和他的主人重新回到那个邋遢的住所。邦布尔先生由济贫院的四个男人陪着已经来了。那四个男人是来抬棺材的。用螺钉钉牢的没有装饰的灵柩由抬棺人扛到了大街上。

“好啦，老太太，你必须用最快的速度走路！”索尔贝里在老太太耳旁小声说道，“我们已经迟了，让牧师久等可不行。开路，伙计们——你们愿意走多快就走多快！”

当他们抵达长满荨麻、属教区墓地的偏僻角落时，牧师还没有到，蒙蒙冷雨纷纷落下。

大约过了一小时，邦布尔先生、索尔贝里和教堂执事终于往墓穴方向跑过来。不久牧师来了，边走边穿法衣。那位受人尊敬的牧师读完压缩在四分钟之内的悼文后，将那件白色法衣交给执事便又走了。

“喂，比尔！”索尔贝里对掘墓人说道，“掩埋！”

掩埋工作不太费事，因为墓穴太浅了，灵柩最顶上离地面只有几英尺。掘墓人将泥土铲入墓穴，用脚轻轻地踩几下，就扛起铁铲走了。

“喂，亲爱的朋友！”邦布尔拍拍那个送葬男子的背，说道，“他们要关门了。”

“好啦，奥利弗，”他们到家时，索尔贝里说道，“这行当你觉得怎么样？”

“挺好的，谢谢，先生，”奥利弗相当犹豫地回答道，“也说不上喜欢，先生。”

“啊，过一阵子后你就会习惯的，奥利弗，”索尔贝里说道，“你习惯了以后就没什么啦，我的孩子。”

奥利弗心里感到纳闷：索尔贝里先生是否花了很长时间才习惯。不过，他想还是不问为好。他走回店里，一路思考着他的所见所闻。

第六章

受诺亚奚落刺激的奥利弗
奋起反抗，令诺亚惊诧不已

一个月的试用期结束了，奥利弗正式成为学徒。这时，正值疾病流行的糟糕季节，棺材的价格上扬。在短短的几周内奥利弗取得了不少的经验。一队队的送葬队伍由小奥利弗打头，丧服的黑帽带长及他的膝部，赢得了城里所有做母亲的难以形容的称赞和感动。

奥利弗也陪同他的主人参加大多数成年人的葬礼，以便可以获得一名职业殡仪员必不可少的镇定自若风度和高度的自持力。诺亚见新来的男孩手执黑手杖、头戴系黑缎带的帽子，老资格的他却依旧只有松饼状呢帽和皮短裤，便心生妒意。他待奥利弗比以前更不好了。因为诺亚待他不好，夏洛特也待他不好。而索尔贝里太太更是他确定无疑的敌人，因为索尔贝里先生看中他。

一天，奥利弗和诺亚在通常用餐时间下厨房去享用一小块羊肉——一磅半最次的羊脖子——这时，夏洛特被叫走了，接着有一段短暂的工夫他们俩单独待在一起。诺亚·克莱波尔既饥饿又邪恶，认为这是要弄小奥利弗的千载难逢的机会。他开始对奥利弗进行人身攻击。

“济贫院小子，”诺亚说道，“你妈妈身体好吗？”

“她死了，”奥利弗回答道，“你别再对我提起她的事。”

奥利弗说这句话时脸涨得通红，呼吸急促起来，嘴巴和鼻孔奇怪地抽

搐着。克莱波尔先生以为这想必是奥利弗放声大哭的先兆了。因这一点判断，诺亚重新发起攻击。

“她是怎么死的，济贫院小子？”诺亚问道。

“悲伤过度而死的，我们那儿的一位老护士告诉我的。”奥利弗答道，他与其说是回答诺亚的问话，不如说在自言自语，“我想，我晓得那种死是怎么一回事。”

“你也知道，济贫院小子，”诺亚继续说道，奥利弗的沉默为他壮了胆，他以一种假装同情的嘲笑腔调——所有腔调中最恼人的腔调，说：“你必须明白，济贫院小子，你妈妈是一个十足的、彻头彻尾的坏女人。”

“你说什么？”奥利弗迅速地抬起头来问道。

“一个十足的、彻头彻尾的坏女人，济贫院小子，”诺亚冷冷地回答道，“她死了，济贫院小子，倒不是件坏事。否则，她就得在监牢里服苦役，或者被流放，或者被绞死。被绞死比前两种的可能性更大，不是吗？”

奥利弗因狂怒而涨红了脸。他突然站起来，推翻桌椅板凳，盛怒之下卡住诺亚的脖子猛摇，直到诺亚的牙齿直打战，然后，他拼足全身的力气击出重重的一拳，把诺亚打倒在地。

一分钟以前，奥利弗看上去还是一个因虐待而变得文静、温和和沮丧的人。然而他的斗志终于被唤醒了。对他死去母亲的恶毒侮辱使他热血沸腾。他的胸脯上下起伏、身子挺直、目光炯炯发亮。这时，他站立着，怒视那个折磨他、此刻却蜷缩在他脚下的懦夫，以一种前所未有的力量公然蔑视他。他和从前简直判若两人。

“他要杀我！”诺亚哭诉道，“夏洛特！太太！新来的男孩要杀我！救命啊！奥利弗疯啦！夏——洛特！”

诺亚的喊叫声得到了夏洛特的回应，又得到了索尔贝里太太更大声的回应。前者从边门冲进厨房，后者停在楼梯上，直到她确信没有任何生命危险了才继续下楼。

夏洛特尖叫着，用全部力气抓住奥利弗，一边咒骂一边把拳头落在奥利弗身上。夏洛特的拳头已属不轻的了，可是，索尔贝里太太唯恐这样还不足以平息对奥利弗的怒气似的，她冲进厨房，用一只手帮夏洛特抓住奥利弗，另一只手去抓他的脸。诺亚在这有利的形势下一骨碌从地上爬起来，从后面用拳头狠狠揍他。

当他们个个筋疲力尽，再也无法厮打时便把奥利弗拖进煤窖，将他锁在里面。奥利弗挣扎着、喊叫着，毫无惧色。这事干完之后，索尔贝里太太一屁股坐进椅子里，突然大哭起来。

“怎么办呢？”索尔贝里太太大声地说道，“你们主人不在家，家里一个男人也没有，奥利弗过十分钟就会把那扇门踢倒的。”奥利弗狠踢那扇门，这种情况极有可能发生。

“天哪！我不晓得，太太，”夏洛特说道，“除非我们叫警察。”

“或者把士兵叫来。”克莱波尔先生建议道。

“不，不，”索尔贝里太太想起了奥利弗的那位老朋友，说道，“诺亚，跑去找邦布尔先生，叫他马上到这儿来，一刻也不能耽误。不用找你的帽子了！赶快！你边跑边用折刀按住你青肿的眼圈，这样可以消肿。”

诺亚二话没说，以最快的速度出发了。街上的行人大为惊讶，他们看到一个孤儿院男孩头上不戴帽子，用折刀按住一只眼睛，狂奔着穿过大街。

第七章

奥利弗依然倔强

诺亚·克莱波尔以最快的速度沿大街奔跑，不曾停下来歇口气，一直跑到了济贫院的大门口。

“邦布尔先生！邦布尔先生！”诺亚喊道，装出一副惊慌失措的样子。

“噢，邦布尔先生！”诺亚说道，“奥利弗，先生，——奥利弗——”

“什么？什么？”邦布尔先生插话道，闪闪发亮的眼睛中流露出一丝快意，“没有跑掉，他没有跑掉，是吧，诺亚？”

“没有，先生，没有。没有跑掉，先生，可是他变得穷凶极恶，”诺亚回答道，“他想杀我，先生，然后他想杀夏洛特，再杀太太。噢，疼死我啦！哦，太疼啦，先生！”此刻，诺亚像鳗鱼似的翻滚着、扭曲着身子，做出各种姿势，让邦布尔先生明白，由于遭到奥利弗·特威斯特的猛烈的和残暴的攻击，他受了严重的内伤，此刻正遭受着最剧烈的痛苦。当见到一位穿白背心的先生穿过院子时，他的恸哭比以前更凄惨了。

“好的，我决不饶他。”牧师助理说着，调节好缠在那把作为鞭子的手杖底部的蜡线。

“告诉索尔贝里也别饶他。不把他揍得鼻青眼肿、留下一道道鞭痕，他们就永远也对付不了他。”穿白背心的先生说道。

“我会留心的，先生。”牧师助理边说边和诺亚·克莱波尔全速地朝殡仪员的店里奔去。

店里的事态一点儿也没有改善。索尔贝里尚未回来，奥利弗依然一个劲地踢着地窖的门。

“噢，你也知道，邦布尔先生，他一定是疯啦。”索尔贝里太太说道。

邦布尔严厉地说，“你给他吃得太多了，倘若你用稀粥来喂这孩子，这种事就永远也不会发生。”

“啊呀，我的妈呀！”索尔贝里太太突然喊道，虔诚地举目望向厨房的天花板，“这都是慷慨造成的！”

索尔贝里太太所谓的慷慨，是毫不吝惜地给奥利弗没人要的肮脏的残羹剩饭。

就在这个节骨眼上，索尔贝里回来了。他们已将奥利弗的罪状向他诉说了一番。女士们为能激起他的愤怒，还夸大其词、添油加醋。索尔贝里先生立即打开地窖门上的锁，揪住叛逆学徒的衣领，将他拖了出来。

奥利弗挨打的时候衣服已被撕破，脸上青一块紫一块的，伤痕累累，头发披落在额头上。然而，他脸上愤怒的红晕仍未消退。被拖出禁闭室时他毫不畏惧地对诺亚怒目而视，看上去一点也不泄气。

“好了，你是个好小伙子，不是吗？”索尔贝里把奥利弗摇了一下，又扇了他一个耳光，说道。

“他骂我母亲。”奥利弗回嘴道。

“怎么，他骂了又怎么样，你这个忘恩负义的小坏蛋！”索尔贝里太太说道，“她活该挨骂，而且比他们所骂的还要坏着呢。”

“撒谎！”奥利弗说。

索尔贝里太太突然放声大哭，泪流满脸。

这阵眼泪使索尔贝里先生别无选择，于是他给奥利弗一阵痛打。这阵痛打居然让索尔贝里太太感到满足，邦布尔先生似乎也不需要再动用手杖了。那天剩余的时间里，奥利弗被关在后面的厨房里，跟一个水泵和一片面包做伴。晚上，索尔贝里太太命令奥利弗上楼，回到他那张凄凉的床上睡觉。

直到奥利弗独自待在殡仪员的寂静、阴暗的店铺里，他才禁不住表露出自己的情感。在没有人看见他、听见他说话的时候，他跪在地板上，双手捂住脸，泪如泉涌——上帝赐予我们流泪的天性，可是，像奥利弗这么小的年纪，有几个竟有理由在上帝面前泪流如注！

奥利弗好长时间一动不动地保持这种姿势。当他站起来时，蜡台上的蜡烛只剩下一小截了。他小心翼翼地凝视四周，专心倾听了一会儿之后，轻轻地解开门上的门链、门闩，往室外瞧了瞧。

这是一个寒冷、漆黑的夜晚。他利用那截蜡烛熄灭前的余光，将自己仅有的几件换洗的衣服用手帕捆起来，然后坐在一条长凳上等待天明。

随着勉强能透过窗板的第一道曙光，奥利弗站起身，再次将门打开。他战战兢兢地环顾四周，犹疑地站了一会儿，然后随手将门关上，走进空旷的大街。

他来到了寄养所。天色尚早，他看不到屋里有人走动的样子。奥利弗停下来窥视庭园。一个小男孩正在其中的一块小苗床上除草。当他停下来时，小男孩仰起了他那苍白的脸，是奥利弗先前一个同伴的外貌。奥利弗在离开这儿之前很想见他一面，因为他虽然年纪比自己小，但他过去一直是自己的小朋友和玩伴。他们有多少回一起挨打、挨饿，一起被禁闭。

“嘘，迪克！”这小男孩跑到大门边，将小手臂伸出围栏来时，奥利弗说道，“有人起床了吗？”

“除了我之外没有人起床。”这小孩回答道。

“你不可以说看见过我，迪克，”奥利弗说道，“我是偷偷跑出来的。他们打我、虐待我，迪克。我要到很远很远的地方去寻找发迹的机会。我也不知道该上哪儿。你的脸色多苍白啊！”

“我听见大夫对他们说，我快死啦，”这孩子隐隐浮着微笑回答道，“见到你我非常高兴，亲爱的。可是别停下来，别停下来！”

这孩子说着，爬上那低低的大门，猛然张开他小小的双臂，抱住奥利弗的脖子，“再见，亲爱的！愿上帝保佑你！”

这种祝福虽然发自一个幼童之口，却是他第一次听到的祈求降临于头上的祝福。在奥利弗今后挣扎、磨难、困苦和变化的岁月中，他从未曾忘记这一祝福。

第八章

奥利弗步行到伦敦。他在路上遇到一位奇怪的年轻绅士

奥利弗来到了小径尽头处的栅栏梯磴，再次登上大路。现在已是早上八点了。虽然他离原来的城镇将近五英里了，但直到中午他依然交替着边跑步边藏进树篱，担心有人追来把他抓走。然后，他坐在里程碑旁边休息，头一回开始考虑自己该去何处谋生。

他身边的那块里程碑以大号字体标明从那儿到伦敦只有七十英里。伦敦这个名字在奥利弗的心中唤起了一连串新的念头。伦敦！——那个了不起的大地方！——没有人——甚至邦布尔先生——也不能在那儿找到他！他也常常听到济贫院的老人说，有志气的小伙子在伦敦是不会受穷的。当他的脑海里闪过这些念头时，他一跃而起，又朝前走了。

他的包里有一块干面包片、一件粗布衬衫和两双长袜。他衣袋里还有一便士——那是他在一次葬礼上干得比平常更出色，索尔贝里赏他的礼物。

那天，奥利弗走了二十英里，而在这段时间里，除了干面包片和从路边农舍门口讨来的几口水外，他什么东西也没有吃。当夜幕降临时，他进入了一片牧草地，爬进一个干草堆底下，他又冷又饿，比先前的任何时候都感到孤单。可是由于走得很累，他很快就睡着了，把一切烦恼扔到了脑后。

第二天早晨起来时他感到很冷，四肢僵硬。他太饿了，只好在他路过第一个村子时用那个便士换了一小条面包。他只走了十二英里天就黑了。

他的脚很疼，双腿软弱无力，以致瑟瑟发抖起来。他在荒凉、潮湿的露天里又过了一夜，他的情况更糟了。在第三天早晨再动身时，他几乎走不动了。

事实上，要不是那位好心肠的通行税征收人和乐善好施的老太太，奥利弗就会重蹈他母亲的覆辙，从而缩短了自己的烦恼。换言之，他很可能在那条主要的公路上倒毙。可是，通行税征收人给他吃了一餐奶酪面包，而那位老太太同情这个可怜的孤儿，把她能够提供的那一点点食物给了他，而且，那仁慈和温柔的话语、同情和怜悯的眼泪，比他遭受的一切苦难都更深刻地渗入他的灵魂。

奥利弗离开出生地之后的第七个清晨，他一瘸一拐缓慢地走进巴尼特小镇。他蜷缩在石阶上已有一些时候了，这时，他看见几分钟以前漫不经心地从他身边经过的一个男孩又踅回来了，令他振作起来。他走到奥利弗跟前时说道："喂，小伙子！出了什么事啦？"

"我很饿，也很累。"奥利弗回答道，他说话时双眼噙着泪水，"我已经走了很多路。这七天来我天天在走路。"

"走了七天！"这位小伙子说道，"你想要食物，你可以得到。我虽然现在手头很拮据——只有一先令和半便士，不过，在力所能及的范围内，我愿掏钱请客。你站起来。好啦！来吧！快走！"

小伙子扶奥利弗站起来，把他带到邻近的杂货零售商店。他在这儿买了足够的火腿和两磅圆面包。小伙子将面包夹在腋下，走进了一家小客栈，他在前面引路，把奥利弗带到房屋后部的酒吧间里。这儿，应这位神秘的年轻人的吩咐，一壶酒送上来了。奥利弗在新朋友的招呼下开始吃起来，享用了丰盛的一餐。在用餐期间，陌生的男孩不时专心地瞟他一眼。

"到伦敦去吗？"在奥利弗终于吃完之后，陌生男孩问道。

"是的。"

"我想，你今晚需要一个睡觉的地方，是吧？"

"我确实需要，"奥利弗回答道，"自从我离开乡下后，我就不曾在屋里睡过觉。"

"别因此而烦躁不安地眨眼皮，"小伙子说道，"我今晚必须到伦敦去。我认识住在伦敦的一位体面的老先生，他将免费为你提供住宿，并且从不向你要零钱——也就是说，假如有一位他认识的先生为你引荐的话。"

这一意想不到的为他提供栖身之所的机会实在太诱人了，令人无法抗拒。从谈话中，奥利弗了解到这位新朋友的名字叫杰克·道金斯。他深得上述那位老先生的宠爱，是他的得意门生。

道金斯先生的谈话方式相当轻浮和放荡不羁，他公开声称在他的密友当中，他们更习惯于叫他的绰号“机灵的蒙骗者”。

由于杰克·道金斯反对在天黑之前进入伦敦，他们抵达艾斯林顿的收税公路时已将近十一点了。

虽然，奥利弗忙着盯住他的向导已够吃力的了，但是，他路过时，还是忍不住对道路两旁匆匆地看上几眼。这是他从未见过的一个更肮脏、更破烂的地方。街道很窄，泥泞不堪，空气中充满着恶臭的气味，小商店密密麻麻的。在酒吧间里，社会最底层的爱尔兰人拼命地争吵不休；喝得醉醺醺的男男女女在污秽中打滚；相貌丑陋的彪形大汉正小心翼翼地从一些人家的家门口出现，显然准备去干不怀好意的勾当。

奥利弗正考虑是否跑掉为妙时，他们已经到了山脚下了。他的向导抓住他的胳膊，推开菲尔德巷附近的一幢房子的大门，把他拉进过道里，随手将门关上。

“喂！”下面的一个声音喊道，以响应蒙骗者的口哨。

“顶好的，满贯！”这是回答。

“你们有两个人，”这个男人说道，将蜡烛再往外伸出一点，用一只手遮住眼睛，“另一个人是谁？”

“一位新伙伴。”杰克·道金斯把奥利弗拉到前面，回答道。

“他从哪儿来？”

“格陵兰。费金[①]在楼上吗？”

“在，他正在整理手帕。你们上去吧？”蜡烛又缩了回去，那张脸消失了。

奥利弗用一只手摸索着行走，另一只手紧紧地抓住他的同伴，吃力地登上又暗又破的楼梯。他的向导走得非常自如、迅速，这表明他轻车熟路，对这些楼梯非常熟悉。他突然把一间密室的门打开，拉着奥利弗走进去。

这个房间的墙和天花板因年代久远满是污垢而变黑了。炉火前面摆了一张松木方桌，桌上有一支蜡烛放在姜汁啤酒瓶里，还有两三个白镴壶、

① 费金：Fagin，现在是“教唆犯”之意，因狄更斯在本书中刻画了费金这个人物而得名。

一条面包、黄油及一只盘子。一位非常年迈、萎缩的犹太人手里拿着烤叉站在旁边守着。他那恶棍似的模样和令人厌恶的面孔被乱蓬蓬的红头发遮蔽着。他身穿一件油腻腻的法兰绒长袍，颈前部裸露着。方桌旁围坐着四五个男孩。他们的年纪都比蒙骗者小，却摆出中年男子的架势抽陶制的长烟斗，喝烈酒。当道金斯跟犹太人交头接耳时，这些小男孩全都围着他们的伙伴，然后转过身来对奥利弗咧嘴笑。犹太人手里拿着烤叉，也咧嘴笑了。

“就是他，费金，”杰克·道金斯说道，“我的朋友奥利弗·特威斯特。”

犹太人露齿而笑，深深地向奥利弗敬礼，并拉起他的一只手，表示希望能荣幸与奥利弗成为知交。这时，那些抽着烟斗的小家伙们都走到他跟前，有力地握住他的双手——尤其是他拿着小包裹的那只手。

“我们见到你非常高兴，奥利弗，非常高兴，”犹太人说道，“蒙骗者，把锅里的香肠取上来，拉个木桶到炉火旁给奥利弗坐。”他们开始用晚餐。

奥利弗吃完了分给他的那份，犹太人接着又为他调了一杯掺水的热杜松子酒，告诉他必须马上喝，因为另一位先生等着要这个平底无脚酒杯。奥利弗照他的吩咐喝了下去。之后不久，他感觉自己被轻轻地抬到其中的一张麻袋铺位上，然后昏昏沉沉地进入了梦乡。

第九章

进一步叙述有关那位快活的老先生
及其前途无量的弟子们的详细情况

奥利弗从一次长长的酣睡中醒来时，已经是第二天早晨很晚了。房间里除了老犹太人外再没有别人。他正在用一个深平底锅煮咖啡做早餐。

咖啡煮好后，犹太人将平底锅放在铁架上。然后，他转过身来，看了看奥利弗，又叫了他的名字。奥利弗没有回答，显然还在睡着。

犹太人在确信他还睡着后，便蹑手蹑脚地走到门前，将门锁上。然后，他拿出一只小盒子。他把盒子小心翼翼地放在桌上。当他打开盒盖往里瞧的时候，他的双眼闪闪发亮。他拉了一张旧椅子到方桌旁，坐了下来，并从盒子里取出一只华丽的金表。这只金表因镶满钻石而金光四射。

从同一只盒子里分别被掏出来的东西至少还有半打之多，有戒指、胸针、手镯和其他珠宝饰物，也同样被他乐滋滋地逐一观察、欣赏了一番。

犹太人将这些小饰物放回原处后，他往椅背上一靠，咕哝道：

“死刑是一件多么美妙的事啊！死人从来不后悔，死人从来不将尴尬的事抖搂出来。”

犹太人说话时，那双一直茫然地凝视正前方的明亮的黑眼睛的目光落在奥利弗的脸上，而这孩子却默默地、好奇地注视着他。尽管这一切只发生在短暂的一瞬间，但已足以告诉这个老头：他被发现了。他“啪嚓”一声把盒盖关上，伸手抓住放在桌上的面包刀，突然怒不可遏地站了起来，然而他浑身哆嗦得很厉害，因为奥利弗即使惊恐万分，仍可以看出那把刀在空中颤抖。

“那是什么？”犹太人说道，“你为什么要注视我？你为什么醒着？你看到什么啦？大声讲，孩子！快——快！不然我要你的命！”

“我再也睡不着了，先生。”奥利弗温顺地说道，“如果我打扰了你，实在对不起，先生。”

“一小时以前你没有醒着吧？”犹太人狠狠地对这个孩子瞪目怒视。

“没有！没有，真的！”奥利弗回答道。

“你能肯定吗？”犹太人嚷道，神色比先前更加凶狠，态度更具威胁性。

“我向你保证，确实没有醒，先生。”奥利弗认真地回答道，“我没有醒，真的，先生。”

“你刚才看见这些漂亮的东西了吗，亲爱的？”犹太人顿了一会儿之后，把一只手放在盒子上，说道。

“看到了，先生。”奥利弗回答道。

“啊！”犹太人说道，脸色骤然变得异常苍白，“它们——它们是我的，奥利弗，是我的一点财产。我年迈的时候赖以生存的全部财产。人们说我是守财奴，亲爱的，只是个守财奴，就这么回事。”

等把一切收拾停当，蒙骗者回来了。陪他一起来的还有一个非常活泼的小朋友。奥利弗在前一天晚上看见他在抽烟，现在，他已经知道他叫查利·贝茨。四个人坐下来用早餐：喝咖啡、吃点热卷饼和火腿。这些是蒙骗者放在帽顶上带回来的。

早餐结束桌子收拾停当之后，快活的老先生和那两个男孩玩起了一个非常奇怪和不寻常的游戏。游戏是这样做的：快活的老先生在一个裤袋里放了一只鼻烟盒，另一个裤袋里放了一只钱包；在背心口袋放一块挂表，表链挂在脖子上，还在衬衣上别着一枚假钻石饰针，并将外衣纽扣扣紧；他把眼镜盒和手帕放进外衣口袋，拄着拐杖，模仿老人白天在大街上行走的样子，在房间里来来回回地快步走着。在这当儿，他常常不断地往四下里张望，生怕小偷似的，并不停地轮流拍打自己所有的口袋，以确保不会丢失东西。其态度如此滑稽好笑和逼真自然，奥利弗笑得连眼泪都掉下来了。那两个男孩自始至终紧紧地跟着他。每当老先生转身时，他们便敏捷地躲得无影无踪。因此，要注视他们的动作是不可能的。最后，蒙骗者不知是踩到了老先生的脚趾上，还是意外地踹了他的一只长筒靴，而查利·贝茨趁机从背后撞了他一下。就在这时候，他们以最惊人的速度偷走了他的鼻烟盒、钱包、挂表、表链、衬衫饰针、手帕甚至眼镜盒。老先生伸手摸口袋时，便大叫东西不见了。然后，游戏又从头来过。

这个游戏玩过好多遍之后，有两位年轻女子来访，要求见那些年轻先生。其中一位女子名叫贝特[①]，另一位叫南希。

这两位客人逗留了很久。因其中一位小姐抱怨她身体发冷，于是烈酒端上来了，谈话也变得活跃和振奋了。不久以后，蒙骗者、查利和两位小姐都一块走了，那位和蔼可亲的老犹太人慷慨地给了他们一点零花钱。

“好啦，亲爱的，”费金说道，“这是愉快的生活，是吧？他们今天又出去玩了。”

“他们干活吗，先生？”奥利弗问道。

“当然，”犹太人说道。“在他们外出时，碰巧遇到什么活的话。以他们为榜样，亲爱的，以他们为榜样。他们叫你干啥你就干啥，凡事要听从他们吩咐——尤其是听从蒙骗者的吩咐，亲爱的。我的手帕挂在我的口袋的外头吗，亲爱的？”犹太人突然把话停住，说道。

“是的，先生。”奥利弗说。

“看看你是否能够把它拿出来而不让我察觉，如今天早晨我们玩耍时你看到他们所做的那样。”

奥利弗用一只手托住口袋的底部——如他看到蒙骗者所做的那样，用另一只手轻轻地将手帕拉出来。

“拿出来了吗？”犹太人大声问道。

“在这儿呢，先生。”奥利弗说着，出示他手中的那条手帕。

“你是个聪明的孩子，亲爱的。”滑稽的老先生拍拍奥利弗的脑袋瓜，说道，“我从未见过比你更精明厉害的小伙子。这是送给你的一先令。如果你继续这样下去，你将成为当代最伟大的人物。好，到这儿来，我教你如何把手帕上的记号拿掉。”

奥利弗心里感到纳闷：做游戏扒窃这位老先生的口袋与他成为伟人的可能性有什么关系。然而想到这位犹太人比他年长那么多，应该最懂事，便默默地跟他到了桌子旁边，不久就专心致志于这一新的“学业”了。

---

① 即贝特西小姐。

第十章

奥利弗对他的新伙伴的性格更了解了，并以高昂的代价换取了经验。在本故事中，这是很短但非常重要的一章

多日来，奥利弗一直待在犹太人的房间里帮着摘掉手帕上的记号（有许多手帕被带回家），有时参加上面描述过的游戏，那两个男孩和犹太人每天早晨常常玩这种游戏。终于，他开始渴望呼吸新鲜空气，有好几次趁机恳求老先生让他跟那两位小同伴一道出去干活。

一天早晨，奥利弗的恳求终于得到了许可。不管怎样，反正他对奥利弗说他可以去，并将他置于查利·贝茨和他的朋友蒙骗者的共同保护之下。

三个男孩出发了。蒙骗者像往常一样，卷起上衣袖子，歪戴着帽子。贝茨少爷双手插在口袋里闲逛着。奥利弗走在他们两人之间，不晓得他们要上哪儿，也不晓得会让他学什么手艺。

他们刚刚从离克拉肯韦尔的开阔广场不远的一个狭窄的院子里出来，蒙骗者突然停下来，将一只指头放在嘴唇上，极其小心和谨慎地拉他的同伴往后退。

"出了什么事？"奥利弗问道。

"嘘！"蒙骗者回答道，"你看见书摊上的那个老家伙了吗？"

"马路对过那位老先生吗？"奥利弗说道，"是的，我看见了。"

奥利弗看了看蒙骗者，又看了看查利，吃惊极了，但他又来不及发问，

因为这两个男孩已经偷偷摸摸地穿过那条马路，鬼鬼祟祟地走到引起奥利弗注意的那位老先生后面。奥利弗跟在他们后面走了几步，不晓得该前进还是后退，默默地愣在那儿旁观。

那位老先生看起来非常体面，脸上搽了粉，戴着金丝边框的眼镜。他身穿衣领是黑色天鹅绒的深绿色外套和白色裤子，腋下夹着一根漂亮的竹手杖。他已经从书摊上拿起了一本书，站在那儿不停地翻阅起来，用心的程度不亚于在自己书房里的扶手椅上看书。

奥利弗眼睛尽可能睁得大大的，站在几步之遥处观望。当蒙骗者将一只手插进那位老先生的口袋，从那儿拉出一条手帕时，奥利弗是何等的恐怖与惊慌！他看见蒙骗者把那条手帕交给查利·贝茨，最后看见他们全速地绕过拐角，逃之夭夭。

霎时，手帕、手表、珠宝和那个犹太人的整个秘密突然涌进了这个孩子的脑海里。奥利弗站了一会儿，由于慌乱和恐惧，他拔腿就跑。他自己也不

晓得在干什么，只是一个劲儿地奔跑。

这一切都在一分钟之内完成。就在奥利弗开始奔跑的当儿，那位老先生把一只手伸进口袋，发觉自己的手帕不见了。他猛然转过身来，看到奥利弗以这么快的速度飞奔，很自然地断定他就是劫掠者。于是，他一边竭尽全力高喊“捉小偷！”一边拿着书匆匆地追小偷去了。

但是，掀起这阵叫喊抓小偷的不光是这位老先生一个人。蒙骗者和贝茨少爷怕在空旷的大街上奔跑引起公众的注意，他们非常敏捷地走出来，也高喊着“捉小偷！”像循规蹈矩的公民那样加入捉贼的行列。

“捉小偷！捉小偷！”百来个声音加入这一喊叫。人群在每个转弯处聚集。他们狂奔着，溅起泥浆，咚咚咚地沿着人行道疾飞。一扇扇窗户打开了，人们涌向街头。声势越来越浩大，给“捉小偷！捉小偷！”的喊叫声注入了新的活力。

终于捉住了！巧妙的一击，他倒在人行道上。

奥利弗躺在地上，浑身是泥浆和尘土，嘴上流着血，慌乱地环顾着围着他的黑压压的脸，这时，最前面的追捕者殷勤地连推带拉帮那位老先生挤进圈子。

“是的，”老先生说道，“恐怕是这个男孩。”

“恐怕！”人群发出低低的喊喳声，“妙极了！”

“可怜的人！”老先生说道，“他受伤了。”

“是我干的，先生，”一个粗笨的大个子走到跟前，说道，“我的指关节打到他的嘴巴上。是我把他抓住的，先生。”

“喂，起来。”警察粗暴地说道。

“真的不是我，先生，真的，真的，是另外两个男孩。”奥利弗动情地紧握着他的双手，往四下里看了看，说道，“他们就在附近。”

“别伤害他。”那位老先生同情地说道。

“噢，不会的，我不会伤害他的。”警察回答道，为了证明这一点，他将奥利弗的外套从背后扯掉了一半，“喂，我知道你的底细，这可行不通。你站起来，好吗？你这个小坏蛋！”

几乎无法站立的奥利弗勉强地站了起来，马上被揪住夹克衣领迅速地给带走了。那位老先生在警察身边继续跟着他们走，并且不时地回头盯上奥利弗一眼。那两个男孩发出胜利的欢呼，又继续朝前走去。

第十一章

介绍警务司法官方先生，并提供了他的审判方式的一个小范例

奥利弗被带到一处低矮的拱廊底下，往一个肮脏的庭院走去，由小径进入这一即决裁判的医务所。他们进入一个地面铺着石块的小院子，在那儿遇到一个身材矮胖的男人，他的脸上蓄着一簇连鬓胡子，手里拿着一串钥匙。

“出了什么事？”这个男人漫不经心地问道。

“一个偷丝质手帕的小家伙。”押着奥利弗的人回答道。

“被偷的是你吗，先生？”手里拿钥匙的人问道。

“是的，”老先生回答道，“可是我不能肯定这个孩子真的偷了我的手帕。我——我倒不那么坚持追究这一事件。”

“你现在必须去见警务司法官，先生，”这男人回答道，“法官阁下过一会儿就有空。喂，小坏蛋！”

奥利弗在这儿被搜身。因为在他身上什么也没有找到，他便被监禁了起来。

“那孩子脸上有某种东西，”老先生用书的封皮轻叩自己的下巴，若有所思的样子，慢慢地走开，“有某种令我感动、使我感兴趣的东西。他可能是无辜的吗？他看上去像——可是，”老先生突然停住，仰望天空，惊叫道，“我的天啊！我以前曾在哪儿见过像那样的相貌？”

有人碰了他的肩膀，使他惊醒过来。带钥匙的人要他跟着他到警察局。他赶快合上书本，立即被领到气概非凡、大名鼎鼎的方先生面前。

方先生中等身材，干瘦干瘦的，脊背长长的，颈部僵直，头发稀疏，仅有的那几根头发又长在脑袋的后部和两侧。

方先生碰巧这时候正在读当天晨报上的一篇社论。社论提及他最近作出的一项裁决，并且第三百五十次提请内政大臣对他特别注意。他很生气。这时，他怒容满脸地抬起头来。

“你是谁呀？”方先生问道。

老先生有点诧异地指了指自己的名片。

“警官！”方先生轻蔑地用报纸将名片扫掉，说道，“这家伙是谁？”

“警官！”方先生将报纸扔到一边，说道，“这个家伙受到什么指控？”

“阁下，他根本没有受到指控，”警官回答道，“他是到庭告这个男孩的，阁下。”

“到法庭告发这个男孩，是吗？”方先生傲慢地把那位老先生——布朗洛先生从头到脚打量了一番，说道，“让他宣誓！”

“在宣誓之前，请让我说句话，”布朗洛先生说道，“我要说的是，如果没有亲身体验，我真的不会相信——”

“让这个人宣誓！”方先生对书记员说道，“我一句也不愿再听，让他宣誓。”

这激起了布朗洛先生的无比愤怒。不过，也许他考虑到如果泄怒，只会伤害这个男孩，因此他抑制住了自己的情感，立即顺从地宣誓。

“好啦，”方先生说道，“你指控这个孩子什么罪？你有什么话要说，先生？”

“我刚才站在一个书摊旁——”布朗洛先生开始说道。

“住口，先生，”方先生说道，“警察！那个警察哪儿去啦？得啦，让这个警察宣誓。喂，警察，这究竟是怎么回事？”

布朗洛先生被多次打断和一再受到侮辱，竭力想说明自己的情况，说他在惊奇的当儿看见这个男孩逃跑，他就追逐他，并表示如果法官认为这个孩子虽然不是小偷，但与小偷有牵连，那么，希望在司法的允许下，法官能对这个孩子从宽处理。

“他已经受伤了，”老先生最后说道，“我担心，”他的眼睛往被告席瞥了一眼，有力地补充道，“我真的担心他病啦。”

就在询问的当儿，奥利弗抬起头来，以哀求的目光往四下里看了一眼，以微弱的声音恳求喝一口水。

“别废话！”方先生说道，“别想来愚弄我。”

“我看他是真的病了，阁下。”警官劝说道。

“站开，警官，”方先生喊道，“如果他愿意，就让他倒下去好啦。”

奥利弗获此仁慈的许可昏倒在地。警察局里的人面面相觑，但谁也不敢动一动。

“我知道他是假装的。”方先生说道，仿佛这是不争的事实似的，“让他躺在那儿好啦，他很快就会厌烦的。”

“你打算怎样处理这个案子呢，先生？”书记员低声问道。

“即决裁判，”方先生回答道，“判他三个月拘禁——当然是服苦役了。退堂。”

门被打开了，两个男人正准备把失去知觉的孩子抬进牢房，这时，一位身穿一套黑色旧服装，外表体面却瘦弱的上了年纪的人匆匆忙忙地奔进警察局，朝法官走去。

“且慢，且慢！别把他带走！看在老天爷的分儿上，请等一会儿！”新来者喊道。他因仓促赶来而上气不接下气。

“让这个男人宣誓，”方先生非常勉强地咆哮着说道，“好了，老兄，你有什么话要说？”

“是这样的，”这位男人说道，“我看见三个男孩，其他的两个和这儿的这个囚犯，他们在马路的对面闲逛时，这位老先生正在看书。偷盗是另一个男孩干的，我看见了被盗的全过程。我还看到这个男孩被这件事惊得呆若木鸡。”这时，可敬的书摊老板已经缓过气来了，开始更加连贯地叙述偷盗的详细情形。

“你为什么不早点儿到这儿来？”方先生顿了一会儿，说道。

“没有人帮我照看书摊，”这位男人说，“可以帮我的人都参加追捕去了，直到五分钟之前我才找到人来帮我看书摊，我是一路跑过来的。”

“原告正在看书，是吗？”方先生又顿了一会儿之后，问道。

“是的，”这位男人回答道，“正在看他手中的那本书。”

“哦，那本书，是吗？”方先生说道，“付了钱没有？”

“还没有。”这个人微笑着回答道。

“天啊，我全忘了！”心不在焉的老先生天真地喊道。

“一个指控可怜的小男孩的大好人啊！”方先生说道，滑稽而竭力地显得仁慈，“我认为，先生，你是在非常可疑和不体面的情况下拥有那本书的。你可能认为自己非常走运，因为物主不打算起诉你。记住这次教训吧，否则，法律还会逮住你。这男孩被释放了。退堂。”

“退堂！”法官说道，“警官，你们听到了没有？退堂。”

命令被执行了。愤怒的布朗洛先生一手拿着书，一手扶着竹手杖被带了出去。他暴跳如雷，不顾一切。他走到院子，怒气一会儿就消了。小奥利弗仰躺在人行道上，衬衫的纽扣被解开了，太阳穴上给洒了些水，脸色死一般的苍白，浑身冷得直哆嗦。

“可怜的孩子！可怜的孩子！”布朗洛先生向他俯下身去，说道，“叫一辆马车，哪一位请帮忙叫辆马车，马上！”

马车叫来了，奥利弗被小心翼翼地抬到一个座位上。老先生上了车，坐在另一个座位上。

“我可以跟你们一道走吗？”书摊老板眼睛朝马车里看，说道。“哦，当然可以，亲爱的先生，”布朗洛先生迅速地说道，“我把你忘了。哎呀！我手里还拿着这本倒霉的书呢。跳上车来。可怜的人！刻不容缓。”

书摊老板上了马车，他们驱车离去。

第十二章

在本章里，奥利弗比以往任何时候都得到更好的照料。故事重提那位快活的老先生及其年轻的朋友们

马车嘎吱嘎吱地继续朝前走。终于在彭顿维尔附近一条僻静的林荫大道的一幢整洁的房子前面停下来。进了屋，一张床已预备停当。布朗洛先生看到他照管的孩子被小心翼翼、舒舒服服地安顿在床上；他们以无限的仁慈和无微不至的关怀悉心照料着奥利弗。

然而，接连好几天，奥利弗对他的新朋友们的这一切善行依然毫无知觉。日出日落，又再次日出日落，此后，又往复了好几回。奥利弗终于像是从一场漫长的和不安的梦幻中醒过来了，显得虚弱消瘦和苍白。一位穿戴得整整齐齐、一丝不苟的慈母般的老太太拉开帘子后，从旁边的一张扶手椅上站起身。她一直坐在那儿做针线活。

“嘘，亲爱的，”老太太以轻柔的声音说道，“你必须非常安静，否则你又会生病。你一直病得很重——几乎再也没有比这更重的了。躺下来，这才是乖孩子！”老太太说完，又将奥利弗的头轻轻地放回枕头上，然后，把他额角的头发往后捋平。她那么慈祥、深情地端详着他的脸，他情不自禁地将自己那只干瘪的小手放进她的手里，并拉着她的手搂住自己的脖子。

于是，奥利弗一动也不动地躺着，一方面是因为他竭力想听从这位善良的老太太的话，另一方面是因为他说了上述的话后疲劳不堪了。他立即

打起瞌睡来。一缕烛光使他从瞌睡中醒来。当烛光靠近床头时，他看到一位先生，手里有一块嘀嗒作响的大金表。他给奥利弗号了脉之后说他的身体好多了。

“你感到困倦，是吗，亲爱的？”医生说道。

“不，先生。”奥利弗回答。

“不，”医生露出一副非常精明、满意的神色，说道，“你不困，也不口渴，是吗？”

“不，先生，我很口渴。”奥利弗回答道。

“不出我所料，贝德温太太。”医生说道，“他口渴，这是很自然的。你可以给他一点茶，太太，或者不带黄油的一些干面包。不要让他太暖和，太太，可是，小心别让他太冷了，拜托了！”

不久，奥利弗又打起盹来。他醒过来时已将近十二点。之后不久，老太太温柔地祝他晚安，将他交给刚来的一位胖老妇人照料。

三天后，他已能坐在用枕头当靠垫的扶手椅上。他的身体仍然太虚弱，无法走路。贝德温太太叫人把他抬到楼下属于她的小房间里。把他安顿在炉边之后，这位善良的老太太自己也坐下来。

“你待我太好、太好啦，太太！”奥利弗说道。

“咳，你别把这放在心上，亲爱的。”老太太说道，“这和那些肉汤没有关系。该是你喝掉它的时候了，因为大夫说布朗洛先生今天上午可能会过来看你，你必须显出最佳的样子。”说毕，老太太着手用一个小平底锅热满满的一盆肉汤。奥利弗想，当济贫院的正餐减至规定的定额时，保守估计，这盆肉汤的浓度也足够为三百五十个贫民提供一顿丰盛的正餐。

“你喜欢画吗，亲爱的？”老太太问道，她看到奥利弗目不转睛地盯着椅子对面的墙上挂着的一幅画像。

“我不太懂，太太。”奥利弗说道，眼睛仍然没有离开那幅油画，“画我看得太少，几乎不懂。画中的那位太太的脸蛋多么漂亮和温柔啊！”

“谁的画像，太太？”奥利弗问道。

“噢，其实，亲爱的，我也不知道，”老太太愉快地回答道，“我想，画中的人你我都不认识。它似乎把你吸引住了，亲爱的。”

“它太漂亮了。”奥利弗回答道。

“哎呀，真的，你该不是对它感到害怕吧？”老太太说道。她大为惊奇地观察到这孩子注视这幅画时所怀有的敬畏的神色。

“哦，不，不，”奥利弗迅速地回答，“只是那双眼睛看上去太悲伤了，因此，无论我坐在哪儿，它们似乎都在盯着我，这使我心慌，”奥利弗低声补充道，“仿佛它是有生命的，想跟我说话，却又不能开口似的。”

“老天保佑！”老太太吃惊地喊道，“别那样讲，孩子。你病后身体虚弱，我把你的椅子转到另一边去，这样你就看不到它了。”老太太说到做到。

在奥利弗心中，还是看得见那幅画像，跟他没有换过位置一样。不过，他想最好别让这位仁慈的老太太担心，因此，当她注视他时，他温和地笑了。贝德温太太因他觉得更舒服些而感到满意，便往肉汤里加盐和一片片烤面包，如此忙碌，自然与这道食物的配制相协调。奥利弗以不寻常的速度将它一扫而光。他刚吞完了最后一汤匙，就传来了轻轻的叩门声。“进来。”老太太说道。布朗洛先生走了进来。

这位老先生进来时动作够快的，他将眼镜抬向额头，双手反抄起晨衣

的下摆，想好好地把奥利弗看个仔细，这时，他脸部表情发生了各种奇特变化。

“好孩子。”布朗洛先生断然地说道，“你给他吃什么滋养品了吗，贝德温太太？流汁之类，有吗？”

“他刚喝了一盆极浓的肉汤，先生。”贝德温太太回答道。她稍微昂首挺胸，着力强调最后一个词，暗示流汁和调配得很好的肉汤之间根本没有丝毫共同之处。

“啊！”布朗洛先生有点战栗地说道，“两杯波尔图葡萄酒对他的身体将大有好处。难道不是吗，汤姆·怀特？”

“我的名字叫奥利弗，先生。”小病人回答道，露出非常惊讶的神色。

“是搞错了。”布朗洛先生说道。然而，虽然他目不转睛地盯着奥利弗的动机已不复存在，但奥利弗的外貌特征与某一张熟悉的面孔一模一样的旧念头如此强烈，以至他的眼睛无法从他的脸上移开。

“但愿你不会生我的气吧，先生？”奥利弗抬起头来，哀求地说道。

“不会，不会，”老先生说道，“唷！这是什么？贝德温太太，你瞧！”

他说话时迅速地指着奥利弗头顶上的那幅肖像画，然后又指着这孩子的脸。他的脸简直是它的活的复制品。眼睛、头部、嘴巴，每个脸部特征都相同。那一瞬间的表情也如此相像，好像连细微的线条也是以惊人的精确性复制出来的！

奥利弗不知道引起这一突然的惊叹的原因，因为他的身体还太虚弱，无法承受这样的惊吓，于是，他又昏过去了。

如前所述，蒙骗者和他的朋友贝茨少爷因偷窃布朗洛先生的个人财产而引起追捕奥利弗、大喊捉小偷的事件。他们受一种值得称道的和顾及自己的合乎时宜的想法驱使，也加入到这一追捕行动之中。他们在大家的注意力集中在奥利弗身上时停止了追赶，并立即抄最近的路回家。

直到这两个男孩急速地穿过一片最错综复杂的狭窄街道和庭院的迷宫之后，他们才敢于在一处低矮、阴暗的拱道下面停下来。他们在这儿默默地待了一会儿，待足以缓过气来说话之后，贝茨少爷乐不可支地喊了起来，发出一阵无法控制地哈哈大笑，突然扑倒在门前的石阶上，在上面滚来滚去，笑得死去活来。

“住口。”蒙骗者小心谨慎地环顾四周，告诫道，“你想给抓走吗，蠢货？”

“我忍不住，”查利说道，“我忍不住！见到他以那样的速度逃跑，抄近路，撞上电线杆，又继续跑，仿佛他和电线杆一样都是铁做的似的，而我口袋里装着那条偷来的手帕，在他后面大喊捉贼——哦，哎哟！”贝茨少爷以自己生动的想象，绘声绘色地让这一幕再现在眼前。他叫了一声我的妈呀，又在石阶上打起滚来，比以前笑得更厉害了。

“费金会怎么说呢？”蒙骗者问道。他利用他的朋友的另一次透不过气来的间歇提出了这个问题。

“怎么，他能说些什么？”查利非常突然地停止了笑声，反问道，因为蒙骗者的态度很威严，“他能说些什么呢？”

这场对话后的几分钟，从楼梯上传来的吱吱嘎嘎作响的脚步声把那位快活的老先生惊起。他转过身来时，苍白的脸上挂着卑鄙的笑容，眼睛从浓密的红眉毛底下敏锐地往外瞅，身子紧贴着房门侧耳倾听。

“怎么，这是怎么回事？”犹太人咕哝着，脸色骤变，“只有他们俩？还有一个呢？他们该不会出事吧。听！”

脚步声更靠近了。他们登上了楼梯平台。门慢慢打开了，蒙骗者和查利·贝茨走进来，顺手将门关上。

第十三章

向聪明的读者介绍了一些新相识：叙述与本故事有关的、跟这些人有联系的各种趣事

“奥利弗在哪儿？”犹太人站起来，面带威胁地问道，“那孩子在哪儿？”

两个小窃贼拿眼瞅了他们的师傅一眼，仿佛对他的激烈言辞感到恐慌似的。他们心神不安地彼此互相对视着，却一声不吭。

“那孩子怎么啦？”犹太人重复道。他死死地揪住蒙骗者的衣领，以骇人的诅咒威胁他，“大声说出来，否则我就掐死你！”

“你说不说？”犹太人吼叫着，抓住蒙骗者猛摇。蒙骗者的大衣竟然没有被揪脱，简直是奇迹。

“警察把他逮住了，就这么回事。”蒙骗者满脸不高兴地说道，“得啦，请松手吧！”说着，他猛然一转身，完全脱离了那件长外套——外套留在犹太人的手中——抓起那把长柄烤面包铁叉，向快活的老先生的背心刺去。

在这千钧一发之际，一个衰弱老人以人们所意想不到的敏捷向后退缩，抓起那只酒壶，准备朝对准他的攻击者的头部猛投过去。就在这时候，查利·贝茨发出一声撕心裂肺般的可怕的号叫，分散了犹太人的注意力。犹太人突然改变目标，直接往这个年轻人的身上扔去。

“嗬，究竟出了什么事啦！”一个深沉的声音咆哮道，“谁用那玩意儿扔我？幸亏击中我的是啤酒，而不是壶，否则，我就收拾他。我可以料到是谁扔的了，除了一个穷凶极恶的、有钱的、掠夺成性的老犹太人外，谁能把啤

酒乱泼呢？”

“嘘！嘘！赛克斯先生，”犹太人浑身哆嗦着说道，“别讲得那么大声。”

“你别称我先生，”这个恶棍回答道，“每当你来这一套时，你总是不安好心。你知道我的名字，就叫我的名字好了！当时机到来时，我不会辱没自己的名字的。”

赛克斯先生两三杯酒下肚之后，这才以恩赐般的态度来理会这两位小伙子。他这一亲切的举动引起了一席谈话。谈话中，详细地叙述了奥利弗被逮住的原因和情况，叙述过程中对事实真相做了多处的变动和加工，在蒙骗者看来，在那种情况下这似乎是最明智的了。

“我担心，”犹太人说道，“奥利弗可能会说些什么给我们带来麻烦。”

“那是很有可能的，”赛克斯恶毒地露齿而笑，回答道，“你要倒霉啦，费金。”

“必须有个人去探听警察局如何判罪。”赛克斯先生说道，声音比刚进来时低了很多。

犹太人点头表示同意。

可是，不论以何种理由和借口走近警察局，蒙骗者、查利·贝茨、费金和威廉·赛克斯先生个个都怀有极端的、根深蒂固的反感。

在这种不十分令人愉快的、举棋不定的情况下，奥利弗上次见过的那两位小姐的突然进入，使谈话又重新活跃起来。

“有了合适的人选！”犹太人说道，“贝特愿意去，是吧，亲爱的？”

这位年轻小姐没有断然说她不愿去，但是，如果要她去的话，她表示宁可“遭天罚”。这是对犹太人的要求的礼貌和微妙的拒绝。

犹太人的脸一下子沉了下来。他的目光从这位小姐转向另一位女性。

“南希，亲爱的，”犹太人以安慰的口吻说道，“你看呢？”

“我看这不行，所以试也没用，费金。”南希回答道。

“啊，你正是干这件事的合适人选，”赛克斯先生劝道，“这附近的人谁也不认识你。”

赛克斯先生是对的。凭借威胁、承诺和利诱，这位小姐终于被说服了，愿意承担这一使命。她最近刚从遥远但高雅的拉特克利夫郊区搬进菲尔德巷附近。她不必顾虑被她的许多熟人认出来。

因此，在她的女裙服外头扎了一条围裙，将她的卷发纸卷起，塞进无边女式草帽下——这两件饰物来自犹太人取之不尽的库存——南希小姐准备出来跑这趟差使。

这位小姐以最快的速度赶到警察局。尽管没人保护、独自在街上行走自然会有一点胆怯，但她不久便安然无恙地抵达那儿了。

她抄一条偏僻的小路走进去，用钥匙轻叩其中的一个牢门，然后倾听着。里面没有声音。于是她咳嗽一下，然后再倾听。依然没有人应答。于是她说话了。

"诺利，亲爱的？"南希柔声地喃喃道，"诺利？"

由于这些犯人都不叫奥利弗，对奥利弗也一无所知，南希便直接找那个穿条纹背心的热心的警察。她以最引人哀怜的恸哭和悲叹，要求领回她可爱的亲弟弟。

"我没有拘留他，亲爱的。"这老人说道。

"他现在在哪儿？"南希发疯似的尖叫道。

"咦，那位老先生把他带走了。"警察回答道。

"哪位先生？哦，天啊！哪位先生？"南希惊叫道。

为了回答这个不相干的问题，这位老人告诉这个装模作样的姐姐说，奥利弗在警察局病倒了，由于有个证人证明抢劫是另一个在逃的男孩干的，他就被释放了，而原告莫名其妙地将他带回自己的住处。这位警察只知道那位老先生住在彭顿维尔某处。因为老先生对马车夫说这个地名时他听到了。

这位悲痛万分的青年女子怀着重重忧虑和将信将疑的可怕心情摇摇晃晃地走到大门口，然后，一改踉跄的行走为迅速的奔跑，沿着她所能想起的最迂回和复杂的路线，回到犹太人的住处。

比尔·赛克斯先生[①]一听到这次探险的描述，就匆匆忙忙地召唤他那条白狗，戴上帽子，风风火火地走了，甚至顾不上问大伙儿早安之类的俗套话。

"我们必须知道他在哪儿，亲爱的，务必要把他找到，"犹太人非常激动地说道，"查利，你什么事也不用干，只要偷偷摸摸地四处走动，直到带回有关他的一些消息！南希，亲爱的，我必须找到他。我相信你，亲爱的——依靠你，以及你的一切本领！等一等，等一等，"犹太人用一只颤颠颠的手打

---

① 即威廉·赛克斯，比尔是其昵称。

开一个抽屉，补充道，“这儿有钱，亲爱的。我今晚就把这个店关啦。你们都知道上哪儿找我！一刻也不能待在这儿。一刻也不能，亲爱的！”

说完，他将他们推出房间，在他们身后小心地将钥匙转动两次，给房门上了双锁，再将门闩上。他从藏匿处取出被奥利弗无意中见到的那个盒子，匆匆忙忙地将手表和珠宝塞进衣服里。

“他迄今为止尚未告发，”犹太人说着，又继续忙他的事，“倘若他想在新朋友中把我们的秘密泄露出去，我们还来得及堵住他的嘴。”

第十四章

进一步叙述奥利弗住在布朗洛先生家里的详细情况。他出去办事时，一位叫格里姆威格的先生道出了对奥利弗石破天惊的预言

布朗洛先生的突然惊叫使奥利弗进入了昏厥状态。不久，他便苏醒过来了。他的身体还太虚弱，不能起来用早餐。可是第二天，当他下楼到女管家的房间里，他的第一个举动就是急不可耐地往墙上瞥了一眼，希望再看看那位漂亮女人的面庞。然而，他的希望落空了，因为那幅画已经被拿走了。

“它被取下来了，孩子，因为布朗洛先生说，它似乎使你不得安宁。也许它会妨碍你的康复，你也知道。”老太太回答道。

“哦，不，真的。它不会使我不安的，太太，”奥利弗说道，“我喜欢看它。我很爱它。”

奥利弗康复的这些日子是快乐的日子。一切都这么寂静、整洁、有序；每个人都那么亲切、文雅。因此，在经历了生活的喧闹和动荡之后，这种生活简直就像在天堂里一般。当他的身体一恢复到有足够的力气可以自己穿衣时，布朗洛先生就吩咐为他买一套崭新的衣服，一顶新帽子和一双新鞋。奥利弗以前从未穿过一套新衣服。

一天晚上，在关于那幅画像的事过了大约一星期之后，捎来了布朗洛先生的口信，他想在自己的书房与他见面，同他聊一会儿。

“哎呀，天啊！你去洗洗手，让我把你的头发细心地往两边分开梳理一下，孩子，”贝德温太太说道，“我的天啊！如果我们早知道他要找你，我们就会让你戴上干净的领圈，把你打扮得漂漂亮亮的！”

奥利弗受到如此鼓励后，便去轻叩布朗洛先生书房的门。布朗洛先生叫他进去，他发现自己来到了一间小密室，满屋都是书。

“有好多书，是吗，我的孩子？”布朗洛先生注意到奥利弗十分好奇地打量着从地板延伸到天花板上的书架，说道。

“太多啦，先生，”奥利弗回答道，“我从未见过这么多的书。”

“如果你表现好的话，你可以读它们。”老先生和蔼地说，“你会喜欢读书的，有些书最有价值的是封面和书脊。”

“现在，”布朗洛先生说道，他想尽量说得亲切些，但同时又显得更加严肃了，奥利弗还从未见过他的态度如此严肃，“我要你十分注意我要说的话，孩子。”

“哦，别告诉我你要把我打发走，先生，求求你！”奥利弗惊叫道，对老先生开始谈话时的严肃语气深感恐慌！“别把我赶出门去，让我又在街上流浪。让我待在这儿，当个仆人。别把我送回我原先待的那个恶劣地方。怜悯一个可怜的孩子吧，先生！”

“我亲爱的孩子，”老先生说道，奥利弗突然的诚恳的要求令他感动，“你不必害怕我抛弃你，除非你让我失望，给了我抛弃你的理由。”

“我绝不会的，先生。”奥利弗插话。

“好啦，好啦！”老先生终于以较愉快的声调说道，“你说你是个孤儿，在世上一个朋友也没有。我所能探听得到的情况都证实了这一说法。让我听听你的经历吧。你从哪儿来？谁养育你？你怎样会让我看到跟那伙人混在一起？讲真话，那么，只要我活着，你就不会没有朋友。”

奥利弗啜泣着，有几分钟说不出话来。当他即将开始叙述自己如何寄养在农家，后被邦布尔先生带到济贫院时，临街的大门传来了两下特别不耐烦的、微弱的敲门声。仆人跑上楼来通报格里姆威格先生的到来。

布朗洛先生笑了。而后，他转向奥利弗，说格里姆威格先生是他的一位老朋友，他的举止有点粗鲁，叫奥利弗别介意，因为他本质上是位高尚的人，对此，奥利弗有理由相信。

这时，一位腿瘸得厉害、又矮又胖的老先生拄着一根粗拐杖走进房间。

他说话时习惯把头扭向一边，并习惯从眼角往外瞅：这不禁令旁观者想起鹦鹉来。他一出现就保持这一姿势，同时，伸直手臂拿着一小块橘子皮，以不满的吼声惊叫道：

“喂！你看见这个了吧！我每次到别人家里拜访，总会在楼梯上找到这么一块可怜的外科医生的朋友——橘子皮。我曾经因为一块橘子皮而成了瘸子。我知道这最后将会导致我死亡的。否则，我愿意把自己的脑袋砍掉，先生！”

“我愿把自己的脑袋砍掉，先生。”格里姆威格先生重复道，拐杖在地板上敲得咚咚响，“喂？那是什么！”他一眼看到奥利弗，往后退了一两步。

“这就是小奥利弗·特威斯特，我们过去谈到过的那个孩子。”布朗洛先生说道。

奥利弗鞠了一躬。

“你身体怎么样啦，孩子？”格里姆威格先生说道。

“好多了，谢谢，先生。”奥利弗回答道。

布朗洛先生似乎担心这位怪僻的朋友又要说出什么令人不快的话来，便让奥利弗下楼告诉贝德温太太，说他们快要用茶点了。奥利弗不太喜欢这位客人的举止，欣然下楼去了。

“那么，你打算什么时候听奥利弗·特威斯特详细而真实地讲述他的生活和奇遇？”格里姆威格先生用完茶点时问布朗洛先生。他一边重拾这个话题，一边斜瞅着奥利弗。

“明天上午，”布朗洛先生说道，“我倒希望到时候他单独和我在一起。明天上午十点上楼找我，亲爱的。”

“好的，先生。”奥利弗回答道。他的回答显得有点犹疑，因为格里姆威格先生严厉的目光盯得他心慌意乱。

“你听我说，”这位先生悄悄地对布朗洛先生耳语道，“他明天上午不会上来找你。我看到他犹豫不决的样子。他在欺骗你，我的好朋友。”

“我敢保证他不是。”布朗洛先生亲切地说道。

“如果他不是在骗你，”格里姆威格先生说道，“我愿用自己的脑袋担保他在撒谎！”

“我愿以自己的生命担保这孩子说的是真话！”布朗洛先生敲着桌子说道。

如同命运注定了似的，恰好这时候贝德温太太带进了一小捆书。那是那天早晨布朗洛先生向本故事中出现的同一个书摊经营者买的。将这些书放在桌上后，她正准备离开。

“拦住那位送书的仆人，贝德温太太！”布朗洛先生说道，“有东西要他带回去。”

“他已经走了，先生。”贝德温太太说。

“把他喊回来，”布朗洛先生说道，“这是特殊情况。他并不富有，这些书尚未付款，况且还有一些书要送回去。”

临街的大门开了，奥利弗从这边追出去，女仆从另一边追出去，贝德温太太站在门阶上尖叫送书的仆人回来。可是那个仆人已走得无影无踪了。奥利弗和女仆都上气不接下气地回来报告说，没有那个仆人的消息。

“天啊，对此我感到很遗憾，”布朗洛先生大声说道，“我特别希望晚上能归还那些书。”

“叫奥利弗送去，”格里姆威格先生冷笑道，“他定会把它们安全送到的，你也知道。”

“是的，请让我送去，先生。”奥利弗说道，“我会一路跑去的，先生。”

老先生正要说奥利弗无论如何也不能出去，这时，格里姆威格先生发出了一阵最具恶意的咳嗽，促使老先生改变主意，决定让奥利弗去。如果奥利弗迅速地完成这项任务，他可以向格里姆威格先生证明对奥利弗的怀疑是不公正的，至少在这紧要关头马上可以证明。

“你可以去，亲爱的，”老先生说道，“那些书就在我桌子旁边的椅子上，把它们取下来。”

奥利弗很高兴自己还能派得上用场，便匆忙地把书取下来夹在腋下，然后手里拿着帽子，听候吩咐该带什么口信。

“你就说，”布朗洛先生目光一直落在格里姆威格身上，“你就说你已经把书带回来了，还说你是来支付我欠他的四镑十先令的。这是一张五镑的钞票，所以你得给我带回十先令的找头。”

“我用不上十分钟就回来，先生。”奥利弗急切地回答道。他将钞票放进上衣口袋，扣紧，又将那些书小心翼翼地夹在腋下之后，毕恭毕敬地鞠了一躬，这才离开房间。

“不，”他把拳头重重地击在桌上，说道，“我不指望他回来。这男孩身上穿着一套新衣裳，腋下夹着一套贵重的书，口袋里还有一张五镑的钞票。他会去跟他的老朋友——小偷们——会合，然后笑话你。如果这男孩会再回到这儿来，先生，我愿意把自己的脑袋砍掉。”

说完，他将椅子挪近桌子。于是，这两位朋友坐在那儿，默默地期盼着。他们中间放着那块怀表。

天已经太黑了，怀表上的数字几乎已经看不清楚了，但是这两位老先生依然默默地坐着，他们之间搁着那块怀表。

第十五章

叙述那位快活的老先生和南希小姐如何喜欢奥利弗·特威斯特

小萨弗伦希尔最污秽地区的一个低级客栈的偏僻客厅里有个黑暗、阴森的贼窝。这里，冬日整天燃着一盏闪烁的煤气灯，夏日从未曾有一丝阳光照射进来。客厅里充满着浓烈的酒味。即便透过这朦胧的光线，任何有经验的警察都会毫不犹豫地认出他是比尔·赛克斯。他的脚下蹲着一条白毛皮、红眼睛的狗。它正忙着时而向主人眨眼，时而舔着嘴角的一处新的大伤口，看来伤口是新近的一次冲突造成的。

“安静，你这好斗的畜生！安静！”赛克斯先生突然打破静默，说道。不管是什么原因，反正结果狗还是被踢了一脚，又挨了骂。

狗的习性一般不会报复主人，但是赛克斯这条狗有着与主人一样的坏脾气，而且此刻正因遭到伤害而大吃苦头。于是它不再客气，立即将牙齿咬住他的一只半高筒靴。

这种反抗只能更加激怒赛克斯先生。他跪了下来，开始猛烈地攻击它。那条狗从右跳到左，又从左跳到右，撕咬、号叫、狂吠；那男人猛戳、诅咒、攻击和辱骂。就在这场争斗到了难解难分的关键时刻，门突然开了，狗一溜烟地蹿了出去，丢下比尔·赛克斯一手拿着拨火棒，一手拿着大折刀。

俗话说，吵架都是双方面的，单方面是吵不起来的。赛克斯先生对狗的退出大为扫兴，于是立即把吵架的对手转向新来者。

"我和我的狗正在干仗，你究竟为什么要进来？"赛克斯凶狠地比画着，说道。

"我不知道，亲爱的，我不知道。"费金低声下气地回答道。新来者正是犹太人。

"噢，不！你什么也没有听见，你没听见。"赛克斯恶狠狠地冷笑着反驳道，"偷偷摸摸地进进出出，谁也听不见你是怎样进来，怎样出去的！但愿半分钟前你是那条狗，费金。"

"好啦，好啦，亲爱的，"犹太人说道，"这些我都知道。我们——我们——有着共同的利益，比尔——共同的利益。"

"哼，"赛克斯说道，仿佛他认为犹太人占的利益比他多似的，"好吧，你有什么话要对我说？"

"一切都顺利地通过了熔化锅[1]，"费金回答道，"这是你的份儿。它比你该得的要多些，亲爱的，不过，我知道你将会做一件对我有益的事，而且——"

"你过来的时候没有在半路把纸袋打开，私吞一两个英镑，是吧？"赛克斯满腹狐疑地问道，"别对这个问题装出一副生气的样子。你已经干过许多回了。拉一把铃铛。"

后头这句话用大家都懂的英语讲就是按铃的意思。应声进来的是另一个犹太人。他比费金年轻些，但外貌几乎跟他一样的粗鄙和令人厌恶。

"这儿有人吗，巴尼？"费金问道。因为赛克斯已抬起头来，费金说话时甚至眼睛都没有从地板上抬起来。

"除了达希[2]小姐外再没有别人。"巴尼回答道。

"南希！"赛克斯惊叫起来，"在哪儿？如果我不对这姑娘的天才表示敬意的话，就把我击昏好啦！"

"她在酒吧间要了一盘熟牛肉。"巴尼回答道。

"叫她到这儿来，"赛克斯斟了一杯酒，说道，"叫她到这儿来。"不一会儿，南希被领进来了。

"你掌握了线索了，是吗，南希？"赛克斯递上了一杯酒，问道。

---

① 指用来熔化偷来的首饰或金银餐具等的坩埚。

② 即"南希"小姐。

“是的，比尔，”这位小姐将杯中物一饮而尽，回答道，“我对这事也感到厌倦了。那个小家伙[1]病了，卧病在床，而且——”她不再说话，而且改变了话题。

过了大约十分钟之后，费金先生发出一阵咳嗽。这时，南希立即拉过披巾盖在肩上，声称她该走了。赛克斯先生发现自己与南希有一小段是同路，表示愿意陪她走一程。

与此同时，奥利弗正在前往书摊的路上，丝毫没有想到自己会离这位快活的老先生这么近。

这时，一位小姐的大声尖叫“哦，我亲爱的弟弟！”使他大吃一惊。他还来不及抬起头来看究竟是怎么回事，她的两只手臂已经紧紧地抱住他的脖子，使他无法脱身。

“噢，天啊！”小姐说道。“我找到他啦！噢！奥利弗！奥利弗！噢，你这淘气的孩子，让我为了你的缘故而如此悲伤！回家去，亲爱的，来吧。噢，我找到他啦，谢天谢地，我找到他啦！”小姐语无伦次地惊叫一阵之后，又突然呜呜地哭起来。

“怎么回事，小姐？”一位正好路过的女士问道。

“哦，太太，”小姐回答道，“一个月前他离家出走——父母都是勤劳和体面的人——跟一伙小偷和坏人混在一起，几乎让他母亲心碎。”

“我不是。”奥利弗回答道，他惊慌极了，“我不认识她。我没有姐姐，也没有父母。我是个孤儿。我住在彭顿维尔。”

“你们听听，还死不承认！”小姐大声说道。

“噢，是南希啊！”奥利弗惊叫道。他现在第一次看见她的脸，不禁大吃一惊，直往后退缩。“你们看，他认识我！”南希求助于旁观者，大声说道，“他克制不了自己。劝他回家去，那才真是好人，否则，他会活活气死他亲爱的爹娘，也会令我心碎的！”

“这究竟是怎么回事？”一个男人突然从啤酒屋里冲出来，后面跟着一条白狗，“小奥利弗！回家找你可怜的妈妈去，你这小家伙！马上回家！”

“我和他们毫无关系。我不认识他们，救命啊！救命啊！”奥利弗喊道，在那个男人强有力的紧握下拼命挣扎。

---

① 指奥利弗。

“救命！”那男人重复道，“是啊，我会救你的，你这个小流氓！这些是什么书？你一直在偷书，是吧？把书交出来！”说着，那男人从奥利弗手中夺走了书，并一拳击中了他的头部。

奥利弗因大病初愈，身体虚弱，又挨了几拳，且遭突然袭击，因而被弄得昏昏沉沉的。他受到那条狗的凶猛号叫和那个男人的暴行的惊吓，加上旁观者们深信他真的如他们描述的是那么一个冷酷无情的小坏蛋，这一切简直使他无法忍受。一个可怜的孩子还能有什么办法呢？天色已晚，附近又较偏僻，周围无人救助，反抗也是徒劳。事实上，不论是否有人听清楚，那都是一瞬间的事，因为哪怕他的喊叫声再清楚不过，也没有人会理会它们。

煤气灯还亮着，贝德温太太正在敞开的大门口焦急地等待着。仆人已多次跑上街去看看是否有奥利弗的行踪。而两位老先生依然坚持坐在昏暗的客厅里，他们中间放着那块怀表。

第十六章

叙述奥利弗被南希领回去后的遭遇

终于，狭街陋巷和庭院的尽头是一大片开阔地，当他们到达这个地点时，赛克斯放慢了脚步。因为如果按照他们先前行走的速度，南希小姐再也支撑不下去了。赛克斯转身面向奥利弗，粗暴地命令他抓住南希的一只手。

“把另一只手伸给我。”赛克斯说着，抓住奥利弗的另一只手，“喂，牛眼灯！”

那条狗仰起头来，号叫着。

“喂，小东西！”赛克斯将一只手放到奥利弗的喉头，说道，“如果他敢出一点声，你就咬他！好不好？”

那条狗又号叫了，舔了舔自己的嘴巴，眼睛盯着奥利弗，仿佛它毫不迟疑地急于要咬破他的气管似的。

他们沿着人迹罕至的肮脏的道路又整整走了半个钟头，那条白狗朝前跑了过去，在一个店铺门前停下来。店铺的门紧闭着，显然无人租住。房子破败不堪，门上钉着一块木板，表明这房子要出租，看上去仿佛它钉在那里已经好多年了。

“好啦。”赛克斯小心谨慎地往四下里望了一眼，大声说道。

南希弯腰至窗板下面，奥利弗听到了门铃声。他们听到像是一扇推拉窗被轻轻推起的声音。之后不久，门被轻轻地打开了。接着，赛克斯二话没说揪住这个受惊的孩子的衣领，三个人全都迅速地走进屋里。

过道一片漆黑，他们等着为他们开门的人用链条拴门，再将门上闩。

“我们得有一盏灯，”赛克斯说，“否则，我们会折断脖子或踩到狗身上。如果你们踩到狗，当心你们的腿！”

“站一会儿，别动，我去弄一盏灯来。”过了一会儿，约翰·道金斯先生，又名“机灵的蒙骗者”的身影出现了。他右手拿着一支蜡烛。蜡烛粘在一根开裂的棍棒顶端。

当打开了一扇散发着泥土气味的低矮房门时——它似乎建在一个小后院——迎接他们的是一阵哈哈大笑。

贝茨少爷抑制不住地迸发出这阵笑声之后，直挺挺地躺在地板上，欣喜若狂地笑闹着，前仰后合地踢着脚达五分钟之久。而犹太人则脱去睡帽，频频地对这个不知所措的孩子深深地鞠躬。与此同时，性情较阴沉、在欢乐干扰正事时很少失控的机灵的蒙骗者从容不迫、一丝不苟地搜劫奥利弗的口袋。

“你看看他的衣服，费金！”查利说道，他把蜡烛举得太靠近奥利弗的新外套，几乎使他身上着了火，“看他的衣服！最高档的布料！最时髦的式样！哦，天啊，多么有趣！还有他的书！简直是个绅士，费金！”

“喂！那是什么？”犹太人抓住那张钞票时，赛克斯一个箭步向前，问道，“那是我的，费金。”

“不，不，亲爱的，”犹太人说道，“我的，比尔，我的。你可以得到那些书。”

“不是我的才怪呢！”比尔·赛克斯说着，以坚决的神态戴上了帽子，“交出来，我告诉你！你以为我和南希吃饱没事干，却把宝贵的时间花在搜寻和拐回被你抓去的每个小男孩吗？拿出来，你这个贪得无厌的老浑蛋，拿出来！”

做了这番软言相劝之后，赛克斯先生从犹太人的食指和拇指间抽走了那张钞票，冷漠地直视老头的脸，将它折小，包进自己的围巾里。

“这算是我们付出的辛劳应得的报酬，”赛克斯说道，“还不够我们应得的半数。如果你喜欢看书，那些书你可以留下；如果你不喜欢，就把它们卖掉。”

“那些书是那位老先生的，”奥利弗绞着手说道，“那位善良、仁慈的老先生的。我患热病差点儿丧命时，他把我带到他家里，让我得到了护理。哦，请把它们送回去吧。把钱和书给他送回去。否则，他会以为我偷了这些东西，还有那位老太太以及待我这么好的每个人都会以为我偷走了这些东西。哦，发发慈悲吧，把它们送回去！”

出于内心极度悲伤，说出了这些话之后，奥利弗跪在犹太人的脚下，完全绝望地拍击着手。

“这孩子说得对，”费金偷偷地环顾四周，把自己的浓眉皱成一个硬结，说道，“你说得对，奥利弗，你说得对。他们会以为你偷了它们。哈！哈！”犹太人搓着手抿着嘴轻声地笑了，“即便我们选择了时机，也不能比这更凑巧的了！”

“当然不可能啦，”赛克斯说道，“我看见他腋下夹着书穿过克拉肯韦尔大街时，马上就懂得这一点了。此事够顺利的了。他们不会问他任何问题，生怕他们将不得不起诉，因而让他进监狱。他是够安全的。”

他们谈话的时候，奥利弗的眼睛看看这个，又看看那个，根本听不懂他们说的话，仿佛自己被弄糊涂了似的。可是，当比尔总结性地发言时，他突然一跃而起，发了疯似的奔出房间，发出一声声救命的尖叫，使这幢空荡荡的旧房子连屋顶都发出回声。

“把狗拦住，比尔！”南希喊道，她身子一蹿，跳到门前，将门关上，而犹太人和他的两个小徒弟已冲出去追赶了，“把狗拦住，它会把这孩子撕成碎片的。”

“他活该！”赛克斯嚷道，竭力想从姑娘的紧握中挣脱出来，“离我远点，否则我就把你的脑袋往墙上撞裂开来！”

这个窃贼把姑娘甩到了房间的另一端，恰好这时候犹太人和两个男孩拖着奥利弗回来了。

“看来，你想跑掉，亲爱的，是吗？”犹太人说着，拿起放在壁炉角落的一根凹凸不平、多硬节的棍棒，“嗯？”

犹太人用棍棒狠狠地在奥利弗的肩上抽了一下。当他举起棍棒要抽第二下时，南希冲向前去，从他手里夺下了棍棒，一把将它扔进炉火里。她太使劲了，以致一些灼热的炭火溅出了炉子撒在地上。

“我不会站在一边袖手旁观，看着你揍他的，费金，”姑娘喊道，“你已经得到这个孩子了，你还要什么呢？——别碰他——别碰他——否则，我将在你们某些人的身上留下那种印记，提前把我送上绞刑架好了。”

姑娘发出这一威胁时狠狠地在地板上跺脚。她双唇紧闭、双拳紧攥，一忽儿瞪着犹太人，一忽儿瞪着另一个窃贼[①]。她的脸色因勃然大怒而变得异常苍白。

“你是个好人，”赛克斯以轻蔑的神态审视着她，补充道，“采取人道的和有教养的立场！真是那个孩子——正如你所称呼他的——交朋友的合适对象！”

“愿全能的神保佑我，我就是要跟他交朋友！”姑娘激动地说道，“我宁愿在街上不得好死，或者跟那些今晚路过的将上断头台的人对换位置，也不愿帮着把他带到这儿。从今晚起，他就是小偷、骗子、魔鬼，一切恶名全落在他身上，只要不揍他，这一切对那个老坏蛋还不够吗？”

“女人最难缠啦，”犹太人说着，将棍棒放回原处，“不过她们很聪明，我

① 指赛克斯。

们这一行少了她们可不行。查利，带奥利弗睡觉去。”

“把漂亮的衣服脱掉，”查利说道，“我要把它们交给费金保管。太有意思了！”

奥利弗勉强依从。贝茨少爷将他的新衣服卷起来，夹在腋下，把奥利弗撂在黑暗中，离开了房间，随手将门锁上。

查利哈哈大笑的喧闹声和贝特西小姐的说话声会使比奥利弗处境更好的人都难以入眠的。可是，奥利弗已心力交瘁，很快就进入梦乡。

第十七章

奥利弗依然时乖命蹇。一位大人物到伦敦来毁坏他的名声

清晨，邦布尔先生从济贫院的大门出来，以庄重的姿态和威严的步伐走到大街上。

邦布尔先生经过的时候没有停下来与小店主和其他毕恭毕敬地跟他说话的人交谈。直到他抵达曼太太用教区的关怀来照料这些幼小贫儿的寄养所。

“讨厌的牧师助理！”听到摇晃庭园大门的熟悉声音时，曼太太说道。

“曼太太。”邦布尔先生说道。他不像一般自大而鲁莽的人那样一下子坐到椅子上，或一屁股倒在座位上，而是让自己渐渐地、缓慢地坐进椅子里。“曼太太，早上好。”

“噢，早上好，先生。”曼太太笑容可掬地回答道。

“曼太太，我要到伦敦去。”

“啊！邦布尔先生！”曼太太喊道，吓得往后退。

“到伦敦去，太太。”固执的牧师助理继续说道，“乘马车去。我和两个贫民一起去，曼太太！关于一项定居问题的法律诉讼就要开审了，董事会委任我在法院季审之前到克拉肯韦尔去对这个问题宣誓作证。”

“我们把正经事给忘了，太太，”牧师助理说道，“这是本月教区发给你的薪俸。”

邦布尔先生从自己的皮夹里掏出用纸包起来的一些银币，并要她开一张收据，曼太太照办了。

邦布尔先生漠然地点头答谢曼太太的屈膝礼，并询问了孩子们的情况。

“谢天谢地！”曼太太动情地说道，“他们再好不过了，这些可爱的孩子！当然，除了上星期死去的那两个外，还有小迪克。”

“迪克是教区内一个坏脾气的、邪恶的、不友好的孩子。”邦布尔先生气愤地说道，“他在哪儿？”

“我马上叫他来见你，先生。”曼太太回答道，“喂，迪克！”

这孩子脸色苍白，身体瘦弱。他两颊凹陷，一双眼睛又大又亮。狭小的教区衣服——贫儿制服穿在他虚弱的身上显得松松垮垮的，幼嫩的四肢已经干瘪，就像一个老头的四肢一样。

“你怎么啦，教区收养的迪克？”邦布尔先生以适合时宜的幽默问道。

“没事，先生。”这孩子小声地回答道。

“我想也没事。”曼太太说道，邦布尔先生的幽默引得她哈哈大笑起来，“我想你不需要什么吧？”

“我想，”孩子结结巴巴地说道，“某个会写字的人是否可以替我在一张纸上写上几个字，然后把它折起来，并密封起来，在我埋入地下以后替我保存它。”

“咳，这孩子是什么意思？”邦布尔先生惊叫起来。

“我想，”孩子说道，“把我宝贵的爱留给可怜的奥利弗·特威斯特，让他知道我经常独自坐着，因想起他孤立无援地在黑暗中流浪而哭泣。”

邦布尔先生从头到脚地打量着这个幼小的说话者，惊诧得难以形容。他转身对同伴说：“他们全都众口一辞，曼太太。无法无天的奥利弗把他们全给带坏了！”

“我简直不敢相信，先生，”曼太太说着，举起双手，恶狠狠地盯着迪克，“我从未见过这么一个冷酷无情的小坏蛋！”

“把他带走，太太！”邦布尔先生专横地说道，“这些情况必须向董事会说明，曼太太。”

第二天早晨六点，邦布尔先生将三角帽换成圆帽，穿上一件带披肩的蓝大衣，在公共马车的车顶就座，随行的还有两个在定居问题上尚有争议的犯人。他，连同那两人在预定的时间抵达伦敦。

为这两个性情凶狠的人安排过夜之后，邦布尔先生自己也在公共马车停靠的房子里坐下来，享用了一顿清淡的正餐：牛排、牡蛎酱和黑啤酒。之后，静下心来看报。

邦布尔先生的目光凝视的第一段，就有如下一则告示：

五几尼[①]赏金

鉴于一个名叫奥利弗·特威斯特的小男孩上星期四晚上从彭顿维尔家里潜逃或被诱拐，此后杳无音讯。凡愿意提供情况以便找到奥利弗·特威斯特的，或有助于了解他过去经历者，都可以得到上述赏金。登广告的人有种种理由对他过去的经历产生浓厚的兴趣。

接着，又详尽地描述了奥利弗的服饰、外貌、他的出现及失踪，并极为详细地附上了布朗洛先生的姓名和地址。

邦布尔先生睁大眼睛，慢慢地、仔细地将告示读了三遍。过了五分多钟，他已动身前往彭顿维尔了。实际上，由于兴奋，他连那杯掺水杜松子热酒也顾不上尝一口就走了。

“布朗洛先生在家吗？”邦布尔先生问开门的女仆。

他被领进后面的小书房，那儿坐着布朗洛先生和他的朋友格里姆威格先生，面前摆着水晶玻璃酒瓶和杯子。

“好啦，先生，你是看到告示而来的吗？”

“是的，先生。”邦布尔先生回答道。

“你知道这个可怜的孩子现在的下落吗？”

“我也不知道。”邦布尔先生回答道。

“那么，你了解他吗？”老先生问道，“如果你有话要说，就大胆地讲出来，我的朋友，你对他了解吗？”

邦布尔先生放下帽子，解开外衣纽扣，交叉双臂，低着头追忆往事的样子。经过片刻的沉思之后，他开始叙述了。

---

①指1663年英国发行的一种金币，等于21先令。1813年停止流通；后仅指等于21先令即1.05英镑的币值单位。

如果按照牧师助理的原话，那就太冗长乏味了，因为他整整讲了二十分钟。不过，其主要内容是：奥利弗是个弃儿，源自下贱和邪恶的双亲。自从他诞生以来，除了奸诈、忘恩负义和恶毒外，不曾表现出任何优秀的品质。他在出生地对一个不冒犯人的男孩发起血腥的和怯懦的攻击而结束其短暂的职业生涯，并且在夜里从主人的家中逃走。为了证明奥利弗是他所描述的那么一个人，邦布尔先生把带到伦敦的文件放到桌上。而后，他又交叉着双臂，等待布朗洛先生发表意见。

"恐怕这是千真万确的。"老先生将文件看了一遍之后悲伤地说道，"就你所提供的情况这点钱不算多。不过，如果你提供的消息是对这个孩子有利的，那么，我乐意给你三倍的钱。"

倘若邦布尔先生在见面之前的早些时候得到这一消息，他定会在自己的叙述中给予非常不同的渲染的，这是完全可能的。然而，现在这样做为时已晚，因此，他严肃地摇摇头，把五几尼装进口袋后，退了出来。

布朗洛先生在房间里来回踱步大约达几分钟之久。显然，牧师助理的叙述搅得他心神不安，连格里姆威格先生都不想再激怒他。

他终于收住了脚步，狠狠地按铃。

"贝德温太太，"女管家上来时，布朗洛先生说道，"那个叫奥利弗的男孩是个骗子。"

"这不可能，先生。这不可能。"老太太激动地说道。

"我告诉你他是个骗子。"老先生反驳道，"你说不可能是什么意思？我们刚刚听了有关他出生以来的详细情况，他一直是一个彻头彻尾的小坏蛋。"

"我绝不相信，先生。"老太太坚定地回答，"绝不！"

"安静！"老先生假装生气的样子，说道，"千万不要再让我听到这个孩子的名字。我刚才按铃是为了告诉你这件事。千万不要，千万不要以任何借口提起他，请注意！你可以走了，贝德温太太。记住！我是认真的。"

那天晚上，布朗洛先生家的人个个心情沉重。

当奥利弗想起他那些好心的善良的朋友时，他感到心灰意冷。幸亏他无法知道他们所听到的谗言，否则，他会彻底心碎的。

第十八章

奥利弗在他那些说教的、可敬的朋友圈子中如何消磨时光

大约第二天中午，当蒙骗者和贝茨少爷出去干他们的老行当时，费金先生趁机长篇大论地教训奥利弗：忘恩负义是极为可耻的罪过；奥利弗蓄意脱离他的忧心如焚的朋友圈子，这已清楚地表明他在很大的程度上已犯了这一罪过。费金先生极力地强调这样的事实：他接纳奥利弗是爱护他。当时，如果不是他及时帮助他，他也许早已饿死街头了。

犹太人丑陋地微笑着，拍拍奥利弗的脑袋，说如果他保守秘密、用心做事，他认为他们可以成为很好的朋友。而后，他拿起帽子，穿上一件打过补丁的旧大衣走出去，并顺手将门锁上。

于是，那天一整天，以及后来连续几天里的大部分时间，从清晨到半夜之间，奥利弗见不到任何人，在这漫长的时间里独自被留下来沉思与内省。由于他总是想到那些善良的朋友，认为他们想必早已对他有了成见，这些沉思与内省变得令人难受。

过了一星期左右，犹太人让房门开着，奥利弗可以自由地在屋里闲逛。

一天下午，蒙骗者和贝茨少爷约定那天晚上外出，蒙骗者突然心血来潮，想将自己打扮一番（说句公道话，这绝不是他的习惯性癖好）。怀着这个目的，他恩赐般地指使奥利弗马上帮他擦鞋。

蒙骗者坐在桌子上悠然自得地抽着烟，无忧无虑地来回晃荡着一条腿。

他带着沉思的表情俯视了奥利弗一会儿，然后抬起头来，轻轻地舒了一口气，心不在焉地对贝茨少爷说道：

“可惜他不是一个扒手！”

“我想，你甚至连什么是扒手也不懂吧？”蒙骗者忧伤地说道。

“我想我知道，”奥利弗仰起头来说道，“就是小——你就是一个，对吧？”奥利弗突然停下来，问道。

“我就是。”蒙骗者重复道，“查利也是，费金也是，赛克斯也是，南希也是，贝特西也是。我们大家都是，甚至连那条狗也是。它是其中最机警的一个！”

“而且最不会告密。”查利·贝茨补充道。

“好啦，好啦。”蒙骗者说道，他的一言一行总是不忘自己的本行，重新拾起他们偏离的话题，“这和我们这儿的小傻瓜[1]毫不相干。”

“确实如此。”查利说道，“你为什么不拜费金为师，奥利弗？”

“我不喜欢，”奥利弗胆怯地回答，“但愿他们放我走。我——我——宁愿走。”

“可费金才不会让你走呢！”查利回答道。

“哦，该死！”贝茨少爷说着，从口袋里掏出两三条丝手帕，将它们扔进食橱里，“那就太自私了，确实的。”

“这事我做不出来。”蒙骗者摆出一副轻蔑的、厌恶的神态说道。

“可是，你可以丢下你的朋友，”奥利弗脸上半带着笑容说道，“而让你的朋友为你所干的坏事受到惩罚。”

“那，”蒙骗者将烟斗一挥，回答道，“那全是为费金着想，因为警察知道我们是一伙的。如果我们倒了霉，费金就会有麻烦。这是我们的做法，是吧，查利？”

“喂！”蒙骗者说着，掏出了一把先令和半便士，“这是多么快活的生活！钱从哪儿来的又有什么关系呢？喂，接住！弄到这些钱的地方还有的是。你不要，是吗？哦，你这个大傻瓜！”

“这不是正当的钱，是不是，奥利弗？”查利·贝茨问道，“他总有一天会被勒杀的，是吗？”

---

① 指奥利弗。

“勒杀是什么意思。”奥利弗问道。

“有点像这样，老兄，”查利说着，一边用手握住领带的一端，然后把它竖直地吊在空中，将脑袋垂落在肩头，透过牙齿发出急促的怪叫。他生动的哑剧表明勒杀和绞刑完全是一回事。

从这一天起，他们很少让奥利弗独自待着而几乎总是让他跟那两个男孩在一起。那两个男孩每天同犹太人玩老一套游戏：究竟是为了提高他们俩自己的技巧呢，还是为了提高奥利弗的技巧，费金先生心中最有数。

总之，老奸巨猾的犹太人诱使奥利弗落入他的圈套。通过让他寂寞和忧愁，在思想上对他施加影响：宁愿与任何人交往，也不愿在这么一个沉闷的地方与自己的悲哀思绪为伴。犹太人现在缓慢地在奥利弗的灵魂中注入毒药。他希望这种毒药会玷污他的灵魂，并永远改变他的本色。

第十九章

本章里讨论并敲定了一个重要的计划

这是一个阴冷、潮湿和多风的夜晚。犹太人扣上紧紧裹住自己蜷缩的身子的大衣纽扣，将衣领拉上来盖住了耳朵，完全遮蔽脸的下部，然后从他的贼窝出来，鬼鬼祟祟地溜到街上。

显然，犹太人对他所穿越的地方了如指掌，夜间的黑暗和道路的错综复杂丝毫也不会使他迷路。他匆匆地穿过好几条巷子和街道，最后拐入一条小巷。小巷的照明是仅靠另一端的一盏路灯。他敲了小巷里的一幢房子的门，跟开门的人咕哝了几句之后便上楼了。

当他触动房门的把手时，一条狗号叫起来，接着，一个男人的声音喝问："是谁？"

"是我呀，比尔，是我，亲爱的。"犹太人说着，眼睛朝里瞅。

"那你就进来吧，"赛克斯说道，"躺下，你这愚蠢的畜生！魔鬼穿上了大衣你就认不出来了吗？"

"好啦，亲爱的。"犹太人回答道，"啊！南希。"

后一声招呼足够令人尴尬的，似乎意味着对他能否被接受表示怀疑，因为自从她为了奥利弗的缘故而出面干预以来，费金先生和他这位年轻朋友还尚未见过面。

"天气确实冷，南希，亲爱的。"犹太人一边把那双爪子般的手往炉火上烤，一边说道，"寒气似乎要直接穿过身体似的。"老头摸摸身体的一侧，补充道。

“如果寒气穿透你的心，它想必是个钻孔机。”赛克斯先生说道，“给他倒点酒喝，南希。该死的，赶快！看到他那瘦骨嶙峋的老躯壳抖得那么厉害，仿佛刚从坟墓里爬出来的丑鬼似的，就足以令人恶心。”

南希赶忙从食橱里拿来了一瓶酒。食橱里有很多瓶子，从它们形形色色的外表看，里面装了好几种不同的酒。赛克斯倒了一杯白兰地，叫犹太人将它喝了。

“怎么样，”赛克斯咂着嘴说道，“我现在准备好啦。”

“关于彻特西的行劫地点的事，比尔，”犹太人将椅子往前挪了挪，以非常低的声音说道，“你知道我是什么意思，亲爱的。”

“不，我不知道，”赛克斯先生冷笑道，“或者我不想知道，那是同一回事。大声点讲，讲得具体点，别坐在那儿用使眼色、眨眼睛来暗示我，难道不是你头一个想到抢劫的。你是什么意思？”

“好了，好了，”犹太人哄道，“这只是我谨慎而已，没有别的意思。喏，亲爱的，关于彻特西行劫一事，什么时候下手，比尔，嗯，什么时候下手，那么漂亮的餐具，亲爱的，那么漂亮的餐具。”犹太人说罢，搓着手，扬起眉毛，欢天喜地地期待着。

“压根儿不干。”赛克斯冷冷地回答。

“那么，是这项工作准备得不够充分了。”犹太人气得脸色煞白，说道，“不见得吧！”

“确实如此，”赛克斯反驳道，“你是什么货色竟会不相信？我告诉你，托比·克雷基特两周来一直在那儿荡来荡去，但是他仍然无法物色一个仆人做内应。”

“你该不是要告诉我，比尔，”犹太人说道，当对方激动起来时，他的口气变得温和些了，“说屋里的那两个男仆都争取不过来吧？”

“没错，我确实想这样告诉你，”赛克斯回答道，“那位老太太这二十年来一直雇用他们。你就是给他们五百英镑他们也不干。”

“可是，你该不是说，亲爱的，”犹太人争辩道，“那些女仆也争取不过来吧？”

“毫无办法。”赛克斯回答。

“费金，”赛克斯突然打破笼罩着的一片静寂，说道，“如果能安全地从外头抢劫，外加五十个金币值得吗？”

“值得。”犹太人突然振作起来，说道，

“就这么讲定了？”赛克斯问道。

“是的，亲爱的，是的。”犹太人回答道。因这句问话使他兴奋起来，他的眼睛闪闪发亮，脸上的每块肌肉都在颤动。

“亲爱的，”犹太人又道，“除了你和托比外，再不需要帮手了吗？”

“不需要。”赛克斯说道，“除了一把转柄钻和一个男孩外。钻子我们俩都有了，小男孩你必须替我们找。”

“一个男孩！”犹太人尖叫道，“哦！那么，那一定是嵌板了，是吗？”

“好了，费金，”南希笑着说道，“马上给比尔讲讲奥利弗的事吧！”

“哈！你真聪明，亲爱的，你是我见过的最精明的姑娘！”犹太人轻轻地拍拍她的颈部，说道，“我要说的正是有关奥利弗的事，果真如此。哈！哈！哈！”

“奥利弗怎么啦？”赛克斯问道。

“要上他，比尔！”南希说道，“如果我是你的话，我就要上他。也许，干这行他不如其他人那么精通。可是，如果只要他替你们开门，那么，他正是你所要的。毫无疑问，他是可靠的，比尔。”

“我知道他可靠，”费金回答道，“过去几周来，他一直在接受良好的训练，也该是他干活糊口的时候了。况且其他男孩个儿都太大了。”

“嗯，他的个头正合我们的要求。”赛克斯先生若有所思地说道。

“我全都考虑过了。”犹太人有力地说道，“我曾经——曾经细心地观察过他，亲爱的，严密地——严密地观察过他。一旦让他感到他是我们当中的一员，一旦使他的脑子里充满着他已经是个贼的想法，那么，他就是我们的了！一辈子都是我们中的一员。”老头双臂交叉在胸前，将脑袋和肩膀缩成一团，简直高兴得要拥抱自己。

“什么东西，”赛克斯恶狠狠地瞪眼怒视这个惬意的朋友，说道，“什么东西促使你对这个脸色苍白的孩子这么煞费苦心？而你明明知道每天晚上有五十个男孩在公园附近打瞌睡，你可以从中随意挑选。”

“因为他们对我毫无用处，亲爱的，”犹太人有点慌乱地回答，“不值得我接纳。当他们遇到麻烦的时候，他们的容貌就表明他们有罪。这样，我岂不是前功尽弃。而这个男孩，经过适当的调教，亲爱的，我可以叫他干出其他许多孩子无法干的事来。况且，”犹太人又恢复自制，说道，“倘若他又从我们手里逃走，我们就会败在他手里。因此，他必须和我们同舟共济。不要在乎他怎样、上那儿，只要他参与一次抢劫，我对他就有足够的控制权，这就是我所要的。”

“什么时候开始行动？”南希问道，制止了赛克斯先生发出狂暴的叫骂——他正想以此对犹太人的假人道表示厌恶之情。

“啊，真的，”犹太人说道，“什么时候开始行动，比尔？”

“我和托比已经计划好了，后天晚上行动。”赛克斯以肯定的语气回答道，“如果他没有从我这儿得到任何相反的消息的话。”

“好。”犹太人说道，“没有月光。”

“是的。”赛克斯回答道。

“运赃物的事都安排好了，是吗？”犹太人问道。

赛克斯点了点头。

“还有关于——”

“噢，都计划好了。”赛克斯打断他的话说道，“不必担心细节。你最好明天晚上把孩子带到这儿。我天亮后一小时就把石块搬掉。然后，你闭上你的鸟嘴，把坩埚准备好，这就是你必须做的。”

三个人经过一番热烈的讨论之后，决定第二天晚上夜幕降临时南希必须到犹太人的住处把奥利弗带来，费金狡猾地说，即使奥利弗对这事表示勉强，他会比任何人更愿意陪伴南希。她最近为了他的缘故曾如此卖力地出面干预。

费金先生一路踏着泥泞，走回自己阴森的住所。这里，蒙骗者还在熬夜，焦急地等待着他的归来。

“奥利弗睡觉了吗？我有话要跟他说。”这是他们下楼梯时他说的第一句话。

“几小时前就睡了。”蒙骗者把一扇门打开，回答道，“他就在这儿！”

这孩子躺在地板上的一个简陋的铺位上酣睡。因忧虑、悲哀和严密的监禁而脸色苍白，他看上去像死人一般。

“不是现在。”犹太人说着，悄悄地走开了，“明天再说，明天再说。”

第二十章

在本章中，奥利弗被交给威廉·赛克斯先生

奥利弗早晨醒过来时，发现自己那双旧鞋被拿走了，床边放着一双鞋底厚实坚固的新鞋，感到十分诧异。起初，他对这一发现还很高兴，希望这可能是放他走的前兆，可是，当他和犹太人一块坐下来用早餐时，这些想法很快就烟消云散了。犹太人以一种增添他的恐慌的声调和态度告诉他，当天晚上要把他带到比尔·赛克斯的住处。

“逗——逗——逗留在那儿吗，先生？”奥利弗焦急地问道。

“我想，”犹太人的眼睛定定地盯住奥利弗，说道，“你想知道为什么要到比尔的住处去——是吗，亲爱的？”

奥利弗发现这个老窃贼看出自己的心思，不由自主地脸红了，但他大胆地说，是的，他确实想知道。

“呸！”犹太人说道，他正密切地审视着这男孩的脸，此刻他带着失望的表情把脸掉转过去，“那就等比尔告诉你吧。”

他再也没有机会问了，因为直到那天晚上，犹太人一直态度恶劣，一声不响——他晚上准备外出。

“你可以点一支蜡烛。”犹太人把一支蜡烛放在桌上，说道，“这儿有本书给你看，直到他们来接你过去。晚安！”

“晚安！”奥利弗小声地回答。

他一连好几分钟继续陷入沉思，然后，深深地叹了一口气，剪去烛花，拿起犹太人留给他的书，开始读起来。

他随便翻了几页。起初，他并不在意，可是，偶尔碰到吸引他注意力的章节，便立即专心地读起来。它是一部有关重大罪犯的传记和审判的故事。书页已被翻得很脏。从这本书里，他读到了令人毛骨悚然的可怕的罪行。

他在一阵恐惧中合上了书本，猛然将它推到一边。而后，他跪下来，祈求上苍使他免却此类恶行。他宁愿立即死去，也不愿等待着去犯下这么可怕的、骇人听闻的罪行。

他已经做完了祷告，但双手依然抱住脑袋。这时，一阵沙沙声使他突然惊起。

“什么东西！”他喊道，他蓦地站起来，看见一条人影站在门边，“谁呀？”

“我，是我。”一个颤抖的声音回答道。

奥利弗把蜡烛举过头顶，朝门口望去，原来是南希。

奥利弗看出她的脸色异常苍白，便温和地问她是不是病了。姑娘一屁股坐到一张椅子里，背向着他，绞扭着双手，没有回答。

“愿上帝饶恕我！”过了一会儿，她大声地说道，“我以前从未考虑到这一点。”

“我得跟你走吗？”奥利弗问道。

“是的。我从比尔那里来，”姑娘回答道，“你必须跟我走。”

“去干什么？”奥利弗畏缩地问道。

“去干什么？”姑娘重复道，她举目上望，可目光一遇到这男孩的脸就移开了，“哦！不干坏事。”

“我不相信。”奥利弗密切地注视着她，说道。

“你爱怎么说就怎么说吧，”姑娘假装哈哈大笑，回答道，“那就不干好事。”

奥利弗看得出来，他对姑娘的良心有点支配力，一时想到就自己的无能为力的状态求助于她的同情心。

他的短暂的考虑和意图都逃不出他的同伴的注意。他说话时，她一直严密地注视他，并向他投去了聪明的一瞥。这一瞥足以表明她猜中在他脑海里掠过的念头。

“嘘！”姑娘说着，朝他俯下身去，一边小心翼翼地环顾四周，一边指着门口，“你无能为力。我已经为你尽了力了，但一切都是徒劳的。你已经被围住了。如果你打算从这儿逃脱，现在不是时机。”

她抓住了奥利弗本能地放在她手里的一只手，吹灭了蜡烛，拉着他跟她上楼。外面停着一辆出租马车。姑娘以跟奥利弗谈话一样的热情，把他拉进马车，并将帘子拉上。马车夫不需要吩咐，一刻不停地策马全速前进。

在短暂的一瞬间里，奥利弗匆匆沿着空荡荡的大街瞥了一眼，救命的呼喊一直挂在他嘴边。然而，姑娘，以如此痛苦的声调哀求他记住她的话，以至他不忍心喊出来。就在他犹豫不决的当儿，机会错过了，他已经进了屋，门也关上了。

“这边走。”姑娘第一次松开奥利弗的手，说道，“比尔！”

“那么，你把孩子带来了。”他们全都到了房里时，赛克斯说道，一边将房门关上。

“是的，他来了。”南希回答道。

“听到这消息我很高兴，”赛克斯说着，目光严厉地盯着奥利弗，“为了他幼小的身躯的缘故，否则，他就会因此而受皮肉之苦。到这儿来，小家伙，我来给你上一课，你最好能马上接受。”

“好，第一：你知道这是什么东西吗？”赛克斯拿起放在桌上的一把小手枪，问道。

奥利弗做出了肯定的回答。

“现在，它已经上膛了。”赛克斯先生装好子弹后，说道。

“是的，我明白它已经上膛了，先生。”奥利弗回答道。

“好，”抢劫犯说着，抓住奥利弗的手腕，将枪管抵着他的太阳穴了，这时，这孩子情不自禁地惊跳起来，“当你和我外出时，除了我对你说话以外，你如果出声的话，子弹便会立刻进入你的脑袋。如果你真的下决心未经我许可乱说的话，那你就先做祷告吧。”

“你总的意思是，”南希说道，她说得非常有力，并向奥利弗微微皱眉，仿佛在示意他重视她所说的话，“如果你手头这桩买卖因奥利弗而受挫，你就要开枪打穿他的脑袋，防止他以后搬弄是非，并准备因此冒着被处绞刑的危险。”

“对啦！”赛克斯先生赞同地说道，“女人总是能用最简短的语言来表述。既然他完全能够胜任这活计，咱们用点晚餐，出发之前先打个盹儿。”

奥利弗醒来时，桌上已摆上了茶具，赛克斯正在把各种物品往搭在椅背上的大衣口袋里塞。南希则忙着准备早点。天尚未亮，蜡烛还燃着，外头伸手不见五指。一阵滂沱大雨正敲击着窗玻璃。天空一片漆黑，看起来乌云密布。

南希扔给奥利弗一条手帕围脖子，眼睛几乎没有看他；赛克斯给他一条粗糙的大披肩扣在肩膀上。这样打扮之后，他把一只手递给了抢劫犯。赛克斯又停下来以威胁的姿势告诉他，他那把手枪装在大衣侧面的口袋里，然后便牢牢地握住奥利弗的手。跟南希互相道别之后，他带着奥利弗走了。

第二十一章

出　行

他们走到大街上时，正狂风大作，大雨倾盆。这是一个凄清的早晨。乌云看上去阴森森的，预示着风暴即将来临。他们所经过的那些街道都悄然无声、空空荡荡的。

到了他们拐入贝思纳尔格林路的时候，天几乎开始亮了。许多街灯已经熄灭；几辆乡村运货马车慢腾腾地、艰难地朝伦敦方向赶去；时而有一辆溅得满是泥浆的公共马车轻快地飞奔而去。他们渐近伦敦商业中心时，喧闹声、行人和车辆渐渐多起来了，他们穿行于肖拉迪奇和史密斯菲尔德之间的街道上时，这些声音逐渐增大，形成了一片乱哄哄的喧嚣声。

赛克斯先生拉着奥利弗紧随其后，从最拥挤的人群中挤过去，对令这个孩子如此惊异的无数景致和声响毫不在意。

“喂，小家伙！”赛克斯抬头瞅了一眼圣安德鲁教堂的大钟，说道，“快七点了！你必须走快点。快，别落在后面，懒虫！”

赛克斯先生说着，猛地一拉小同伴的手腕。奥利弗加快步伐，几乎一路小跑，竭力跟上抢劫犯迅速的步伐。

他们以这样的速度持续前进，直到经过海德公园的一隅往肯辛顿进发。这时，赛克斯放慢了脚步，直到后面不远处的一辆空的运货马车赶上来。他看见马车上写着“亨斯洛”，他尽量装得彬彬有礼，问车夫是否可以让他们搭便车，把他们带到艾尔沃思。

“跳上来吧。”车夫说道，“他是你的儿子吗？”

“是的，他是我儿子。”赛克斯紧紧地盯着奥利弗说道，一边心不在焉地将手伸进装着手枪的那只口袋。

他们越过了不同的路标，奥利弗感到越来越纳闷：他的同伴究竟想把他带往何处。肯辛顿、哈默史密斯、奇齐克、丘桥、布伦特福都过去了，然而他们依然不断地朝前走，仿佛刚刚开始他们的行程似的。他们终于来到了一家叫“车马”的客栈。在客栈的不远处，似乎有一条分岔，马车就停在这儿。

赛克斯极其仓促地下了车，始终抓住奥利弗的手，直接把他从车上抱下来，恶狠狠地瞪了他一眼，意味深长地用拳头敲击他侧边的口袋。他们在田野上闲荡了若干小时，最后重返镇上，进入了一家招牌已磨损的老客栈，在厨房的炉火旁买了一些食物当午餐。因旅途劳顿，又那么早起床，奥利弗起初有点儿打瞌睡，后来，受不住疲劳和烟草味而呼呼地睡着了。

他被赛克斯猛推了一下而醒过来时，天已经黑了。他竭力地振作精神，坐了起来，往四下里看了看，发现赛克斯这位大人物正和一个工人边喝着一品脱淡色啤酒边聊天，关系很密切的样子。

“祝它好运！天啊！它是一匹好马！”

“你能让我们搭便车到那儿吗？”赛克斯问道，将啤酒推向他的新朋友。

“如果你们马上走就行。”那男人回答道，眼睛朝酒壶外看，“你们要到哈利福特去吗？”

“到谢泼顿去。”赛克斯回答。

“那么，我正好可以载你们一程。”那男人回答道，“付账了吗，贝基？”

“付了，另一位先生替你付的。”女侍者回答道。

“喂！”那个男人带着微醉的认真态度说道，“那可不行，你要知道。”

“为什么不行，”赛克斯回答道，“你打算让我们搭便车，为什么要阻止我请你喝一品脱左右的啤酒作为回报？”

夜一片漆黑。天气也刺骨地寒冷，一切都是阴森森的、灰蒙蒙的。谁也不说一句话，因为马车夫已经困倦，赛克斯又无意诱导他谈话。奥利弗缩成一团坐在马车的角落里，惊慌和恐惧使他不知所措。

森伯里已经过去了，他们重又进入了荒凉的路段。又过了两三英里，马车停下来了。赛克斯下了马车，抓住奥利弗的手。他们又继续往前走。

在谢泼顿，他们没有如困乏不堪的孩子原先期望的那样进入任何房子，而是在泥泞和黑暗中继续穿过幽暗的小巷，越过开阔的荒地，直至见到了不远处的一座城镇的灯光。

赛克斯朝前直走，临近大桥时突然拐入左边的河岸。

“河水！”奥利弗心惊胆战地想道，“他把我带到这么偏僻的地方来谋杀我！”

他正想一下子倒在地上，为自己年轻的生命做一次挣扎，这时，他发现他们就站在一幢孤零零的、破败不堪的房子前面。

赛克斯依然抓住奥利弗的手，悄悄地走近低矮的门廊，抬起门闩。门开了，他们一起走了进去。

第二十二章

夜　盗

“喂！”他们一踏入过道，一个响亮的声音喊道。

“别这么大声嚷嚷。”赛克斯闩上门，说道，“拿支蜡烛来，托比。”

“啊哈！我的好朋友！”同一个声音喊道，“一支蜡烛，巴尼，一支蜡烛！带这位先生进去，巴尼；如果方便的话，你先醒过来吧！”

“赛克斯先生！”巴尼或真高兴或假高兴地惊叫道，“进来，先生，进来。”

“喂！你先进去。”赛克斯把奥利弗推到自己的前面，说道，“快点！否则我要踩到你的脚后跟了。”

他们走进了一个低矮、幽暗的房间。里面有烟雾弥漫的壁炉、两三张破椅子、一张桌子及一张很陈旧的长沙发：一个男人正伸直身子躺在上面休息，嘴里叼着一根黏土烟斗，双腿跷得比脑袋高得多。

“比尔，我的朋友！”这个人影将头转向门口，说道，“见到你我很高兴。我几乎担心你会放弃。那样的话，我就得单独冒险啦。啊！”

当他的目光落到奥利弗身上时，他大为诧异地发出这声惊叫，马上坐了起来，问他是什么人。

“那个男孩，就是那个男孩！”赛克斯说着，拉了一张椅子到炉边。

“喂，”托比，这个年轻的犹太人把一些零碎食物和一瓶酒放到桌上时，说道，“祝夜盗成功！”他站起身来致祝酒词，小心翼翼地把他的空烟斗放在角落里，走到桌子跟前，倒了一杯酒，然后一饮而尽。赛克斯先生也干了一杯。

“给这个孩子喝一点。”托比说着，倒了半杯酒，“喝下去，小傻瓜。”

“其实，”奥利弗可怜巴巴地抬头直视这个人的脸，说道，“其实，我——”

因慑于这两条汉子的威胁，奥利弗赶紧把杯中物吞下去，立即发出一阵猛烈的咳嗽。这使得托比·克雷基特和巴尼异常开心，甚至连粗暴的赛克斯先生也露出了笑容。

之后，两个人都在椅子上躺下，准备睡一小觉。

奥利弗仍坐在火边一张凳子上，巴尼则用一条毯子裹住自己，躺在地上。

他们睡了或看来好像睡了一会儿，除了巴尼外，谁也没有起来。突然，托比·克雷基特跳了起来，宣称这时已经早晨一点半了。

瞬息之间，另外两个人也都站起来了，全都利索地从事繁忙的准备工作。

“把手枪拿给我，巴尼。”托比·克雷基特说道。

“喏，这就是。”巴尼掏出两把手枪，回答道，“你已上了子弹。”

“黑面纱、钥匙、中心钻、遮光提灯——都带齐了吗？”托比问道，将一根小撬棍拴在外套下摆里面。

“那好。”赛克斯说道，“拿棍棒来，巴尼。该上路了。”

说着，他从巴尼手中拿了一根粗棍棒。巴尼递给托比一根棍棒后，正忙着系牢奥利弗的披肩。

“来吧。”赛克斯伸出一只手来，说道。

奥利弗完全被这不寻常的举动、气氛以及被强迫饮下的酒弄得晕头转向，机械地伸出手去让赛克斯抓住。

“抓住他的另一只手，托比。”赛克斯说道，“巴尼，到外头望风去！”

巴尼走到门口，回来时说外面静悄悄的。这两个抢劫犯把奥利弗夹在中间，出发了。

此刻，天一片漆黑。雾气比夜晚的早些时候浓多了，空气十分潮湿，虽然没有下雨，但在离开房子的几分钟之内，奥利弗的头发和眉毛因四处飘动的半冻结的湿气而变得僵硬了。

“从镇上悄悄地溜过去，”赛克斯低声说道，“今天晚上路上没有人会看见我们。”

托比默然表示同意。他们匆匆地穿过小镇的主要街道。教堂的大钟敲两点时，他们已经离开了该镇。

他们加快步伐，拐入左手边的一条公路。大约走了四分之一英里之后，他们在一幢四面围着围墙的房子前面停下来。托比·克雷基特几乎顾不得停下来歇口气，一刹那间就上了围墙顶。

“下一个是那个孩子，”托比说道，“把他拽上来，我拉住他。”

奥利弗还来不及环顾四周，赛克斯已将他夹在腋下，三四秒钟后，他和托比已经躺在另一边的草坪上了。赛克斯马上跟着爬了过去。他们小心翼翼地偷偷走近那幢房子。

现在，悲伤和恐惧得几乎快发疯的奥利弗第一次明白破门入室和抢劫——即使不是谋杀——正是这次出行的目的。他两手十指交叉，不由自主地发出轻轻的、恐怖的惊叫声。眼睛被泪水弄模糊了，苍白的脸上冒出了冷汗，他四肢瘫软，跪了下来。

“站起来！”赛克斯低声喊道。他气得浑身直发抖，从口袋里拔出手枪来，“站起来，否则我就让你的脑浆溅在草坪上。”

“哦！看在上帝的分上，放我走吧！”奥利弗哭着说道，“放我逃跑，死在田野上吧。请对我发发慈悲吧，别逼我去偷。”

赛克斯发出一声可怕的诅咒，已经扳起手枪的扳机。这时，托比将赛克斯手中的枪击落，一手捂住这孩子的嘴巴，拉着他往房子方向走。

“嘘！”这男人叫道，“这在这儿行不通。你再说一句，我就敲破你的脑袋，亲自把你干掉。嘿，比尔，用力把那扇窗板拧开。”

赛克斯一边祈求可怕的灾祸降临到费金头上，因为他派奥利弗来干这样的差事，一边使劲地挥动撬棍，却没有弄出什么声响。耽误了一会儿之后，在托比的协助下，那扇窗板从铰链上脱开了。

这是房子后面的一个小花格窗，离地面大约五英尺半高。它是过道尽头的一个碗碟储藏室或小酿酒室的一扇窗子。窗洞太小了，因此居住者可能没有想到该加强保护，但它却能容许像奥利弗这样身材的小孩进入。赛克斯先生略施小技，就拔去花格窗的钩子，窗户很快就敞开了。

“现在听着，你这个小坏蛋，”赛克斯低声说道，从口袋里掏出一盏遮光提灯，把炫目的灯光直接照在奥利弗的脸上，“我要你钻过这扇窗户，提着这盏灯悄悄地登上你前面的楼梯，沿着小门厅，一直走到临街大门，打开大门，让我们进去。”

托比先取出遮光提灯，将它放在地上，然后用脑袋顶住窗口下方的墙，稳稳地站住不动，双手放在膝盖上，以便用自己的脊背充当梯阶。这个动作刚完成，赛克斯就爬到他身上，抓住奥利弗，叫他先用脚钻进窗口，把他安全地放进屋里的地板上，却没有松开抓住他衣领的手。

“拿着这盏灯，”赛克斯的眼睛朝房里窥视，说道，“你看到面前的楼梯了吗？”

奥利弗吓得半死，气喘吁吁地说：“看到了。”赛克斯用手枪管指着那扇街门，简短地劝他当心。

“这事得马上完成，”赛克斯以同样低的声音说道，“我一松手把你放开，你就赶快干你的活。听，什么声音？”

“什么也没有。”赛克斯说着，松手放开奥利弗，“好，去吧！”

奥利弗在短短的一瞬间里不得不重新恢复理性。他已经坚决地拿定主意，不论他在这一尝试中是死是活，他都会竭力从门厅直冲上楼梯，向这家人报警。他带着这一想法，立即不声不响地朝前走。

“回来！”赛克斯突然喊出声道，“回来！回来！”

这地方死一般的静寂突然被打破了，又由于随之而来的高声喊叫，奥利弗被吓坏了，听任手中的提灯掉落在地，不知道究竟该前进呢，还是逃跑。

喊叫声又响起了——一盏灯出现了——楼梯顶上两个受惊的、衣衫不整的男人似乎在他的眼前旋转——一道闪光——一声巨响——一缕烟雾——某处发出轰隆一声，但他不知道在何处——于是，他摇摇晃晃地往后退。

赛克斯消失了片刻，但很快又出现了，并在那缕烟雾尚未散尽之前揪住了他的衣领。他用手枪对着那两个已经在后退的男人开火，同时，把奥利弗拽了上来。

“你的手臂抓得再紧一些。”赛克斯说着，把他从窗口拉了出来，“喂，给我拿一条披巾过来，他被击中了。快！这孩子正在大出血！”

接着，传来了响亮的门铃声，还夹杂着枪声和人们的喊叫声。奥利弗觉得自己被扛着迅速地越过高低不平的地面。然后，各种声音在远处变得含混不清了。这孩子的心里不由得产生一种令人不寒而栗的死一样的感觉。于是他再也看不见，也听不见了。

第二十三章

本章包括邦布尔先生和一位太太之间一次愉快的谈话要旨，说明即使牧师助理在某些方面也是易动感情的

夜，刺骨的寒。大雪铺在地面上，冻成又硬又厚的一层冰壳。此时此刻，多少饱受饥寒的流浪汉在我们空荡荡的大街上闭上了眼睛。不管他们的罪孽如何深重，他们再也睁不开眼睛看到一个更加悲惨的世界了。

这就是户外的状况。此刻，科尼太太——我们已向读者介绍了奥利弗·特威斯特诞生的济贫院女总管——正端坐在自己的小房间里舒适的炉火前，心满意足地瞥了小圆桌一眼。圆桌上放着一只同样小巧的托盘，里面盛着像科尼太太这样的女主管称心如意享用一餐所需要的一切。她刚刚品尝了第一杯茶，轻轻的叩门声打断了她。

“噢，进来！”科尼太太厉声说道，“哪一个老太太快死了，我想，她们总是在我用餐的时候死去。别站在那儿，把冷空气放进来了，别这样。现在出了什么事啦，嗯？”

“没有，太太，没有。”一个男人的声音回答道。

“严酷的天气，邦布尔先生。”女总管说道。

“确实严酷，太太。”牧师助理回答道，“这天气和教区过不去，太太。我们已经分发，科尼太太，就在这个该死的下午，我们已经分发了大约八十磅的面包和六磅的奶酪，可是那些贫民还不满足。”

“当然不满足了。他们什么时候会满足呀，邦布尔先生？”女总管啜饮着茶，回答道。

科尼太太起身到碗橱又取来一只杯子和一个碟子。她坐下来时，她的目光再次与风流牧师助理的目光相遇，不觉脸红起来，专心地为他沏茶。

这是一张圆桌，当科尼太太和邦布尔先生面对面坐着时，他们之间相距不远，且都面对壁炉。然而，不论邦布尔先生的意图是什么，那张桌子碰巧是张圆桌。因此，当邦布尔先生一点一点地移动椅子时，他很快地缩小了他本人和女总管之间的距离，终于使自己的椅子紧挨着女总管的座椅。

现在，如果女总管把自己的座椅往右挪，她就会受到炉火的烘烤；如果她往左挪，那她准会倒进邦布尔先生的怀里。因此，她待着不动，又递给邦布尔先生一杯茶。

牧师助理将那杯茶一饮而尽，吃了一块面包，拂去膝上的面包屑，擦净嘴巴，从容不迫地吻了一下女总管。

“邦布尔先生！”谨言慎行的太太低声地喊道，她这一惊着实不小，因此，她几乎失了音，“邦布尔先生，我要喊啦！”邦布尔先生不作答，却缓慢而庄重地伸出一只手臂搂住了女总管的腰。

这时门上传来的一阵仓促的敲门声，使得这声叫喊变得没有必要。邦布尔先生一听到敲门声，就非常敏捷地冲到酒瓶那儿，开始使劲地掸去上面的灰尘，女总管则厉声地喝问是谁。

“对不起，太太，”一个极其丑陋、干瘪的老贫妇从门口探进头来说道，“老萨利快不行了。”

“可是，这与我有何相干？”女总管生气地反问道，“我没有办法使她不死，是吧！”

“是的，是的，太太。”那个老妇人回答道，“谁也没有办法，她早已没有希望了。她说她有事要交代，这你必须听。待到你去，她才会安然地死去，太太。”

听到这个消息之后，可敬的科尼太太对那些甚至快要死了都有意惹她们的上司生气的老妇人破口大骂。她匆忙地拿起一条厚围巾把自己裹紧，简单扼要地要求邦布尔先生待到她回来，免得有特殊的情况发生。她吩咐报信人走快点，别整夜一瘸一拐地爬楼梯，然后非常不情愿地跟着她离开了房间，一路上骂个不停。

第二十四章

叙述一个非常不起眼的话题，这一章很短，但也许读者会发现它在本故事中的重要性

那个干瘪的皱皮老太婆在过道上蹒跚，然后爬上了楼梯，最后，由于不得不停下来喘气，她把手中的蜡烛交给了女总管，自己在后面跟着，让行动更为敏捷的上司朝女病人躺着的房间走去。

这是一个十分简陋的顶楼房间。房间的那一头点着一盏昏暗的灯。床头还有一位老妇人守护着。教区药剂师的徒弟正站在炉边，把一根羽毛管削成牙签。

"寒冷的夜晚，科尼太太。"女总管进来时，这位年轻人说道。

"确实冷极了，先生。"科尼太太以最客气的声调说道。她边说边行了屈膝礼。

这场对话此刻被病人的呻吟声打断了。

"我走开的时候，她还说了些什么没有，安妮，亲爱的？"报信人问道。

"一句话也没说。"另一位回答道，"她拉扯了一会儿自己的手臂，但我将她的双手抓住，她很快就又睡着了。她没有什么力气，我很容易使她安静下来。"

她们正忙着吸鼻烟时，一直守望着等待濒死的女人从昏迷中醒过来的女总管已不耐烦了，也走到炉旁，并厉声地问她们该等多久。

“不管长还是短，”女总管恶声恶气地说道，“你们俩当心点儿，别再无缘无故地折腾我。看着济贫院里所有的老太婆一个个地死去，这可不是我分内的事儿。”

她一跃而起，正要猛冲出去时，脸转向病榻的那两个女人的喊叫声使她掉过头来。病人已直挺挺地坐了起来，正向着她们伸出双臂。

“那是谁呀？”病人以沉闷的声音喊道。

“嘘，嘘！”其中一个女人向她伏下身去，说道，“躺下来，躺下来！”

“我活着的时候决不再躺下来！”病人挣扎着说道，“我要告诉她！过来！靠近点！让我跟你说悄悄话。”

她抓住女总管的手臂，迫使她坐在床头的椅子上，正待说话时，她往四下里望了一眼，看见那两位老太婆俯身向前，急不可待地想偷听的样子。

“把她们轰出去。”病人困倦地说道，“赶快！赶快！”

“现在，请听我说，”临终的女人出声说道，仿佛竭力想恢复一种潜在的活力似的，“就在这个房间里——就在这张床上——我曾经护理过一位年轻貌美的女子。她被送到这个房间时因长途跋涉，双脚磨破，伤痕累累，浑身尘土，血迹斑斑，弄得脏兮兮的。她生下了一个男孩，然后死去。”

“唉，”病人喃喃道，猛然跳了起来。她脸色发红、眼睛睁得大大的——“我偷了她的东西，我偷啦！她的尸骨未寒，我就偷了那件东西！”

“偷了什么，天啊？”女总管叫道，那姿势仿佛要喊救命似的。

“那件东西！”病人将一只手捂住对方的嘴，回答道，“她唯一的东西。她明明需要保暖，需要吃饭，可是她把它保管得好好的，一直藏在她的胸前。它是金子，真的！贵重的黄金。本来它可以挽救她的生命的！”

“金子！”女总管随声附和道，病人往后退缩时，女总管急切地向她俯下身去，“继续说下去，那位母亲是谁？那是什么时候的事？”

“她责令我把它保管好，”病人呻吟着回答道，“她信任我，我是当时她身边唯一的女人。当我第一次见到她将那件东西挂在脖子上时，我就动了贼心了。也许，那婴儿的死也是因为我的缘故！如果他们知道了这一切，他们会待他好一点的。”

“知道什么？”女总管问道，“讲！”

“那男孩长得太像他妈妈了，”病人把她的问话当耳边风，继续没完没了地漫谈下去，“因此，如果我看见他的脸，我绝不会忘记这件事的。可怜的女人！她太年轻了！等等，我还没有全部告诉你，是不是？”

“没有，没有。”女总管说道，她侧身倾听着，因为临终的女人的声音变得越来越微弱了，“快说，否则就要来不及啦！”

“那位年轻的妈妈，”病人做出了比先前更大的努力，说道，“当死亡的痛苦开始向她袭来的时候，年轻的妈妈在我耳边低声地说，如果她的婴儿能够生下来还活着，并能茁壮地成长的话，那时候，就可以向他提起他可怜的年轻的母亲，他就不会感到太丢脸。”

“这男孩的名字呢？”女总管问道。

“他们管他叫奥利弗，”病人声若游丝地回答道，“我偷的金子是——”

“请说下去，请说下去——什么？”女总管叫道。

她急切地俯身贴近病人，听她的回答，却本能地往后退，因为病人又一次缓慢地、僵直地坐了起来，然后双手紧紧地揪住床罩，在喉底低声地发出一些含混不清的声音，倒在床上，咽气了。

第二十五章

在本章中，故事又讲述费金先生及其同伙的情况

当这一切正在乡村的济贫院发生的时候，费金先生坐在他的旧贼窝里——奥利弗被南希姑娘转移的那个贼窝——对着不旺、多烟的炉火沉思。

他背后的桌子旁坐着机灵的蒙骗者、查尔斯、贝茨少爷和奇特林先生：全都在专心地玩惠斯特[①]纸牌游戏。

“听！”这时，蒙骗者喊道，“我听到叮当声。”他迅速地举起蜡烛，悄悄地爬上楼梯。

门铃有点急促地再次响起，而这伙人都呆呆地站在黑暗中。短暂的停顿之后，蒙骗者又露面了，神秘兮兮地跟费金交头接耳。

“什么！”犹太人喊道，“独自一人？”

蒙骗者肯定地点了点头。

老头子咬着自己发黄的指头冥想了片刻。这期间他焦虑得脸部抽搐，仿佛惧怕某种东西，比如害怕知道最坏的结果似的。最后，他抬起头来。

“他在哪儿？”他问道。

蒙骗者指了指楼上，打了个手势，像是要离开房间的样子。

---

① 惠斯特：四人用全副扑克牌玩的一种两组对打的牌戏（后来的桥牌戏即由此演变而成）。三人玩时，则由一人与明手同另一组（两人）对抗。

“好。”犹太人答复他的无言的询问，说道，“把他带下来，嘘！安静，查利！轻一些，汤姆！退避，退避！”

查利·贝茨及他的新对手立即服从了这一简短的命令。他们无声无息地消失了。这时，蒙骗者走下楼来，手里拿着蜡烛，后面跟着一个身穿粗布长罩衫的男人。这个男人匆匆地往房间里瞥了一眼之后，脱去遮住下半部脸的一条大披巾，露出了精明的托比·克雷基特的脸：憔悴不堪、浑身污垢、胡子拉碴。

“你瞧，费金，”他闷闷不乐地说道，“别急，一切都会及时地禀告你的，但我得吃饱喝足之后才能谈正事。把东西拿出来，让我这三天来第一次从从容容地饱吃一餐吧！”

犹太人示意蒙骗者把所有能吃的东西放到桌上，自己在这个窃贼的对面坐下来，等待托比吃饱饭后谈正事。

“首先，费金，”这个破门盗贼说道，“比尔的情况如何？”

“什么！”犹太人从座位上跳起来，尖叫道。

“夜盗失败了。”托比有气无力地说道。

“这我知道。”犹太人从口袋里扯出一张报纸，指着它说道，“还有什么？”

“他们开了枪，击中了那一个小孩。我们把奥利弗夹在中间，抄近路越过屋后面的田野，他们追赶过来。该死！全村的人都醒过来了，一条条狗纷纷地向我们扑过来。”

“那孩子呢？”

“比尔背着他，像一阵风似的飞奔。后来我们停下来，一起扛着他走。他的头低垂着，浑身冰冷。他们在我们后头紧追不舍。人人只顾自己逃命，每个人都想逃离绞刑架！我们分道扬镳了，让小家伙躺在沟里，不知他是死是活，这就是我所知道的关于他的情况。”

犹太人再也听不下去了，他大喝一声，双手乱揪自己的头发，冲出房间，继而冲出这幢房子。

第二十六章

在本章中，一位神秘人物登场了，还发生了许多与本故事有关的事

托比·克雷基特的情报对他的震动太大了，老犹太人跑到了街道的拐角处才开始恢复过来。他丝毫也没有放慢他不寻常的速度，仍然以同样狂野和失常的举止继续往前跑。

当穿过伦敦商业中心，走到靠近斯诺山和霍尔本山的交会处的时候，可以看见右边有一条通往萨弗伦希尔的狭窄阴暗的小巷。小巷内肮脏的店铺里出售一串串大小和图案各异的旧丝绸手帕，因为居住在这儿的商人从扒手那儿收购手绢。它本身就是一个商业群落，一个贼赃市场。

犹太人走进这条巷子。小巷里面带菜色的居民都认识他。他来到了小巷的另一端。这时，他停下来对一个身材矮小的店员说话。店员把整个身子尽量地挤进一张童椅里，坐在店门口抽烟斗。

“唷，费金先生，见到你简直可以治好眼疾！”这位体面的商人说道，对犹太人问起他的健康状况表示感谢。

费金点了点头。他指向萨弗伦希尔的方向，询问今晚那儿是否有人。

“在瘸子客栈吗？”这个男人问道。

犹太人点了点头。

“让我想想看，”这个商人继续说道，心里盘算着，“有人，大约有五六个人上那儿，这我知道。我想你的朋友不在那儿。”

瘸子客栈，是赛克斯先生和他的狗经常光顾的客栈，是老主顾们所熟悉的招牌。费金只是向酒吧的一个人做了个手势，便径直走上楼去，打开一个房间，悄悄地溜进去，忧心忡忡地往四下里望了一眼，以一只手遮住眼睛，像是在寻找一个人似的。

他心急火燎地看看这张脸，又看看那张脸，但显然没有见到他要找的那张脸。最后，他总算引起了担任主席的那个人的注意。费金微微地向他招手，便像进来时一样悄悄地离开房间。

“有什么事吗，费金先生？”那个人跟着他出来，到了楼梯平台时问道。

犹太人不耐烦地摇了摇头，低声说道：“他在这儿吗？”

“没有。”那个人回答道。

“也没有巴尼的消息吗？”费金问道。

“没有。”瘸子客栈的店主回答道，“他会等到一切都平安无事了才出来走动。巴尼没事，我敢肯定巴尼处理得很恰当。你就不要管他了。”

“他今晚会到这儿来吗？”犹太人问道，依然像刚才那样强调代词“他”。

“你指的是蒙克斯吗？”店主犹豫地问道。

“嘘！”犹太人说道，“是的。”

“当然会来，”那个人从表袋里掏出一只金表，回答道，“在此之前我一直在等他上这儿。如果你等十分钟的话，也会——”

“不，不，”犹太人急忙回答道，“告诉他我来这儿找过他。他晚上必须去找我。不，就说明天吧，因为他现在不在这儿，明天也来得及。”

“好！”那个人说道，“没有别的事了吗？”

“现在没有什么事了。”犹太人说着，走下楼去。

经短暂的考虑之后，他叫了一辆出租马车，吩咐马车夫驶往贝思纳尔·格林。

“好啦，”犹太人一边敲门，一边嘀咕道，“如果这当中有什么莫测高深的把戏，我也要从你这里查个水落石出，姑娘，尽管你非常狡猾。”

那个妇人说南希在自己的房间里。费金蹑手蹑脚地爬上楼，事先不敲门就径直进入她的房间。南希姑娘独自一人，披头散发地将头伏在桌上。

“她一直在喝酒，”犹太人冷静地想道，“或者，也许她只是心里难受。”

“依你看，比尔现在在什么地方，亲爱的？”犹太人用最和解的语气问道。

姑娘呻吟着做出了含糊不清的回答，说她不知道。从她不自觉地发出的透不过气的声音看来，她似乎在哭泣。

“还有那个孩子，”犹太人说着，竭力睁大眼睛，想看看她的脸，“可怜的小家伙！被丢弃在沟里，南希，你想想！”

“那孩子，”姑娘突然抬起头来，说道，“丢在那儿要比待在我们中间强。如果比尔不会因这件事而遭遇不幸的话，我倒希望他躺在沟里死去，让他那把嫩骨头就在那儿烂掉。”

犹太人惊叫起来：“听着，我只要一句话，就可以绞死赛克斯，如果他回来，却把那个男孩丢下！如果他自由地脱身，不管是死是活，却未能把孩子交还我，那么，他就逃脱不过杰克·凯奇[①]。”

“这是什么意思？”姑娘不由自主地叫道。

“什么意思？”费金暴跳如雷，继续说道，“这男孩对我来说具有数百英镑的价值，难道我甘心就这样把我唾手可得的发财良机断送掉吗？而我还与一个天生的魔鬼私下有约，他只要有意愿，而且有力量去，去——”

“现在别缠着我，费金！”姑娘慢吞吞地抬起头来，回答道，“比尔已经为你干过了许多出色的活儿，只要他能办得到，他还会替你干更多的活儿。如果他办不到，那他就不会干，因此，你就别再说了。”

“那么那个孩子呢，亲爱的？”犹太人说着，紧张不安地搓着手掌。

“那个孩子以后的情况只能碰碰运气了，”南希急忙插话道，“我还是那句话，我希望他死去，远离伤害，远离你的魔掌。”

费金又旁敲侧击地提出其他几个问题，见南希又昏昏沉沉的样子，便掉头往回走，听任南希将她的头靠在桌上熟睡。

费金来到了他家那条街道的拐角处，已经在口袋里掏大门的钥匙了。这时，一条黑影从位于阴影深处的一个突出的入口处走出来，横穿马路，神不知鬼不觉地走到他的跟前。

“费金！”一个声音在他耳旁低声说道。

“啊！”犹太人迅速地转过身来说道，“你是——”

“没错！”陌生人打断他的话道，“这两小时我一直在这儿徘徊。你究竟到哪儿去了？”

---

① 刽子手，原为17世纪时英国一刽子手名字。

“忙你的差使去了，亲爱的，”犹太人不安地看了同伴一眼，回答道，边说话边放慢脚步，“整个晚上都在忙你的差使。”

“噢，当然！”陌生人冷笑道，“那么，情况如何？”

“情况不妙。”犹太人说道。

犹太人摇了摇头，正要回答，这时陌生人阻止他，示意他到屋里说。于是，他开了门锁，要求陌生人轻轻地随手将门关上，他自己去弄一盏灯来。

他招手叫陌生人跟着他上楼。

他们交头接耳地谈了一会儿。虽然，除了偶尔几个不连贯的词外，谈话内容一点也听不清，但是听者可以易如反掌地看出，费金看来像是极力地为自己辩护，而陌生人似乎很恼怒的样子。他们这样也许谈了至少有一刻钟，这时，多次被犹太人称为蒙克斯的这个陌生人提高了一点嗓门，说道：

“我再次告诉你，此次行动策划得太差劲了。为什么不把那个男孩留在这儿跟其他人在一起，马上将他训练成一个偷偷摸摸的、抽鼻子的扒手？”

“谈何容易！”犹太人耸了耸肩，喊道。

“什么，你的意思是，假如你愿意，你也做不到吗？”蒙克斯厉声问道，“对于其他的孩子，你难道不是办到了吗？如果你有耐心的话，最多只需要一年。难道你不能让他被定罪，把他安然地送出联合王国，也许让他终生回不来吗？”

“我发现要训练他搞这个行当不容易，”犹太人回答道，“在同样的情况下，他不同于其他的男孩。”

“是啊，天杀的！”这男人咕哝道，“否则，他早就成为一个小偷了。”

他突然记起已经早晨一点多了，拒绝继续谈下去。于是，这两个亲密的伙伴分手了。

第二十七章

为前一章极为没礼貌地
把一位太太丢开而赔罪

邦布尔先生又重新数了一遍茶匙，重新掂掇了一遍方糖钳子的重量，更仔细地检查了牛奶壶。准确地弄清楚家具的确切状况，甚至连椅子上的马鬃座部也不放过，而且每一个过程都足足重复了五六次之多。

他还在泰然自若地忙着做最后的观察，这时，科尼太太匆匆忙忙地走进房来，气喘吁吁地一屁股坐进炉边的椅子里，一只手捂住双眼另一只手按在心口上，喘着粗气。

“科尼太太，”邦布尔先生向女总管俯过身去，说道，“怎么回事，太太？出了什么事了吗，太太？”

“噢，邦布尔先生！”太太大声叫道，“我简直烦透了！”

“那就喝点什么吧，太太。”邦布尔先生安慰道，“来一点葡萄酒吗？”

“胡椒薄荷油混合剂，”科尼太太以微弱的声音说道，边说边温柔地对着牧师助理微笑，“试一口！里头有点——有点别的东西！”

邦布尔先生带着怀疑的神色尝了一口药，咂咂嘴，又试了一口，把空杯子放下来。

“这玩意儿是很好的安神剂。”科尼太太说道。

“看来我们都是软弱的人。”牧师助理说道。

而后，有一两分钟双方都没再说什么。这一两分钟一过，邦布尔先生把先前搁在科尼太太的椅背上的左臂移到科尼太太的围裙带上，以此来说明自己上述的观点。他的手臂逐渐顺着围裙带搂住了她的腰。

邦布尔先生说道，“噢，科尼太太，你真是个可爱的天使！”

这位太太抵挡不住这阵情感的爆发，一下子倒进了邦布尔先生的怀里，而那位先生一时激动，竟在她贞洁的鼻子上深情地吻了一下。

“多么完美的教区良缘！”邦布尔先生如痴如醉地惊叫道，“你知道斯劳特先生今晚病情恶化了吗，我的迷人精？”

“知道。”科尼太太忸怩地回答道。

“医生说，他活不了一星期，”邦布尔先生继续说道，“他是这个济贫院的院长，他的去世将会造成院长位置的空缺。这空缺必须填补。啊，科尼太太，一个多么广阔的前景！这正是永结同心、联合家政的大好机会啊！”

科尼太太啜泣着。

“只要简单的一句话，你同意吗？”邦布尔先生将身子贴近羞羞答答的美人，说道，“一句简单、简单的话，我的有福的科尼太太？”

“同——同——同意！”女总管叹息着说道。

随后，这位可爱的人竖起了衣领，戴上三角帽，同他未来的伴侣长时间的亲切拥抱之后，怀着轻松愉快的心情和对今后光明前景的憧憬离开这里，一路来到殡仪员的店铺。

此刻，索尔贝里先生和太太已经出去用茶点和吃晚饭了。他看见店铺后面小客厅的玻璃窗透出了灯光，便冒昧地往里窥视，想看个究竟。当他见到了眼前正在发生的一幕时，他大吃一惊。

在餐桌的上座，诺亚·克莱波尔先生大大咧咧、懒洋洋地躺在一张安乐椅里，两条腿放在椅子一侧的扶手上，一只手拿着一把打开的折刀，另一只手拿着一块涂上黄油的面包。夏洛特小姐紧挨着他站着，从一个桶里拿出一只只牡蛎来揭开，克莱波尔先生则极为贪婪地屈尊将它们一一吞下。

“这是一只肥美、可口的牡蛎，诺亚，亲爱的！”夏洛特说道，“来吧，尝尝，就这一只。”

“我再也吃不下去了。”诺亚说道，“非常抱歉。过来，夏洛特，我要亲亲你。”

“什么！”邦布尔先生突然闯进房里说道，“再说一遍，你这家伙。”

夏洛特发出一声尖叫，赶紧用围裙把脸遮起来。克莱波尔先生只是让双腿垂到地上，眼睛带着醉态的恐惧盯着牧师助理。

“我是说着玩的！”诺亚哭诉道，“她老是亲我，不管我喜欢不喜欢。她老是这么干。邦布尔先生，她抚弄我的下巴，先生，做出了种种求爱的表示！”

“闭嘴！”邦布尔先生厉声喊道，“你下楼去，小姐。诺亚，你把店门关了。如果你主人真的回来了，告诉他邦布尔先生叫他明天早晨早饭后给济贫院的一个老太婆送副棺材去。听见了没有，你这家伙？亲吻！”说完，这位牧师助理带着一副高傲的、阴森的神态，阔步地走出殡仪员的家。

第二十八章

关照一下奥利弗，
并开始叙述他的奇遇

“让狼撕裂你们的喉咙吧！”赛克斯咬牙切齿地咆哮道，“但愿有朝一日你们被我追赶时，让你们一个个喊得喉咙嘶哑。”

赛克斯将受伤的孩子的身体横着搁在自己弯曲的膝上，并回头望了一眼追赶他们的人。

“帮忙抬这个小孩，”赛克斯喊道，怒不可遏地向他的同伙示意，“回来！”

这时，后面的追赶声更近了，赛克斯再次环顾四周，现在可以看到追捕他们的人已经在扒他们站着的那块地的篱笆门了，有几条狗已经蹿到了他们前面几步远的地方。

“彻底完蛋了，比尔！”托比叫道，“丢下孩子，赶快逃跑。”说完了这句离别的忠告之后，克雷基特先生宁愿可能挨他的朋友的子弹，也不愿确定无疑地被他的敌人逮住，竟然掉头逃跑，并以最快的速度猛冲。赛克斯咬紧牙关，往四下里看了看，将匆匆忙忙裹住自己头部的披肩盖在躺倒在地的奥利弗身上，沿着树篱的正面逃跑，仿佛想把后面那些追赶的人的注意力吸引过来，以免他们发现孩子躺在那条沟里。

“嗬，嗬，你看！”后面的一个颤抖的声音喊道，“手切尔[1]！内普丘恩[2]！

---

①② 这是两条狗的名字。

过来，过来！”

这两条狗和它们的主人一样，似乎对它们参加的这种追捕游戏不怎么感兴趣，欣然听从召唤它们回去的命令。这时，已经往地里跑得相当远的三个男人停了下来，一块儿商量对策。

“我的忠告，不妨说，我的命令是，”这群追捕者中最胖的那个男人说道，“我们马上回家去。”

“凡是贾尔斯先生赞同的东西，我都同意，”一个较矮的男人说道。他不算瘦，脸色异常苍白，而且彬彬有礼，受惊的人们常常如此。

“没错。”另一个男人说道，“在这种情况下，害怕是自然的、正常的。我是害怕。”

于是，他们三人转过身来，意见完全一致地往回跑，直到贾尔斯先生（在他们这些人当中他最喘不过气来，且为一把干草叉所累）极为慷慨地坚持要停下来。

天渐渐地亮起来，气温也越来越低了。雾气犹如一团浓烟沿着地面翻滚着。奥利弗依然一动不动、不省人事地躺在赛克斯把他放下的那个地方。当晦暗的曙色在天空发出闪烁的微光时，寒风变得愈加凛冽和刺骨了。下雨了，密集的雨点落到奥利弗身上时，他却毫无知觉，因为他依然伸展着四肢、不省人事、孤立无援地躺在泥床上。

终于，一声微弱的、痛苦的呻吟声打破了四周的静寂。这孩子发出了这一叫声之后就苏醒过来了。用披巾草草包扎的左臂沉重、徒然地垂在他的侧边，绷带被鲜血浸透了。他试图站立起来，却从头到脚直哆嗦，终于又跌倒在地。

奥利弗又短暂地陷入昏迷状态之后不久，他终于站起来，竭力想走路。他头晕目眩，像个醉汉那样来回摇晃。然而，他坚持不倒下去。

于是，他摇摇晃晃地往前走，几乎机械地在门栅之间爬行，或者穿过路上遇到的一个个树篱的缺口，直到抵达大路。这里，雨开始哗啦啦地下起来，他也彻底地清醒了。

他往四下里看了看，看见不远处有一栋房子，也许他能够走到那里。他们可怜他的处境，可能对他生出怜悯之心。他使出全身的力气做最后的努力，踏着踉跄的步伐朝着那栋房子走去。

临近房子的时候，他忽然觉得以前曾经见过这房子。那堵花园墙！他昨晚曾经跪在墙内的草地上，恳求那两个强盗发发慈悲。这正是他们企图抢劫的那幢房子！

奥利弗认出这个地方时，忽然感到一阵恐惧，以致他一时忘了自己的伤痛，只想到逃跑。逃跑！他站都站不稳，况且，即便他完全拥有了他脆弱、幼小身躯的全部力气，他又能逃往何处呢？他使劲地推着花园门。门没有上锁，靠铰链的转动，门被打开了。他蹒跚着穿过草坪，爬上台阶，有气无力地敲了敲门。他已耗尽了全部的力气，身子靠在小门廊的一根圆柱上，随即便昏倒在地。

碰巧，就在这个时候，贾尔斯先生、布里特尔斯和补锅匠经过一夜的劳累和惊骇之后，正在厨房里用茶点和零食，以恢复体力。贾尔斯先生伸开双腿，坐在厨房的火炉围栏前，左臂靠在桌上，以右臂做手势，详细地描述了这起抢劫案的始末。他的听众（尤其是他们当中的一个厨子和一个女仆）屏息着，听得津津有味。

贾尔斯先生已从座位上站起来，闭着眼睛走了两步，以恰如其分的动作来补充他的描述。就在这时候，他和在座的其他人一样，猛然惊跳起来，赶紧坐回他的椅子里。厨子和女仆尖叫了起来。

"敲门声。"贾尔斯先生装出一副完全沉着的样子，说道，"哪一位去把门打开。"

谁也不动一动。

"这么早就有人敲门，这事看来有点怪，"贾尔斯先生说着，打量了围绕着他的一张张苍白的面孔，"你们听见没有，哪一位去开门？"

布里特尔斯服从命令开了门。这群人怯生生地透过彼此的肩膀窥视，只看见可怜的奥利弗这么一个说不出话、筋疲力尽的可怕的小东西。奥利弗扬起了疲惫的眼睛，无声地请求他们的怜悯。

"一个男孩！"贾尔斯先生惊叫道。

他抓住了这个男孩的一条腿和一只胳膊（幸亏不是受伤的那只），硬是将他径直往大厅里拉，然后把他全身平放在大厅的地板上。

"我们抓到他啦！"贾尔斯激动万分地向着楼上高声喊叫，"太太，这是其中的一个窃贼！小姐，这是一个窃贼！小姐，他受伤啦！是我开枪击中的，小姐，当时布里特尔斯替我掌灯。"

两个女仆飞奔上楼去传递贾尔斯先生逮到一个抢劫犯的消息；补锅匠

想方设法让奥利弗恢复知觉，以免他被绞死之前就死去。在一片喧哗和骚动中，传来了一个女人悦耳的声音，其他声音马上静了下来。

“请安静，这才是有教养的人！”小姐回答道，“安静地稍等片刻，我去禀告伯母。”

说话人轻快地走了，她的脚步声如同她的说话声一样的轻柔。她很快又回来了，还带来了老太太的吩咐：必须小心地将受伤的人抬到楼上贾尔斯先生的房间；布里特尔斯马上骑马到彻特西去让警察和医生立刻赶来。

“可是，你要不要先看一看他，小姐？”贾尔斯先生问道。

“无论如何不是现在，”小姐回答道，“可怜的人儿！噢，看在我的分儿上，好好待他，贾尔斯！”

当她转身离开时，老仆人抬起头来望着她，目光里充满着自豪的赞美，仿佛她是他自己的孩子一般。然后，他把身子贴近奥利弗，像一个女人那样关怀备至地帮着把他抬到楼上。

第二十九章

本章介绍一下奥利弗求助的这户人家

在一间十分雅致的房间里，两位女士坐在已摆好了美味佳肴的早餐的餐桌旁。一丝不苟地穿着一身黑衣的贾尔斯先生正在侍候她们。

这两位女士当中，一位年事已高，然而她的腰板比她坐着的高背栎木椅还直。她端坐在那儿，举止庄重，双手抱拳放在面前的餐桌上。她的眼睛丝毫不因年迈而变得模糊，此刻正聚精会神地注视着年轻的同伴。

年轻小姐正处于女性美好的花季和青春焕发的妙龄期，她还不满十七岁。她是如此羸弱，似用精致的模子铸造出来的，如此温柔、和善，如此纯洁、美丽，以至尘世似乎与她格格不入，世间粗暴无礼的凡人不是她合适的同伴。

她正忙着在餐桌上帮忙。老太太在注视她时，她碰巧抬起头来，于是，她便将朴素地扎在额头上的头发顽皮地往后一拢，在她欣喜的神色中注入这么一种慈爱和朴素动人的表情，即使天堂里的天使们见到她，也会笑容满面的。

这时，一辆双轮马车在花园的篱笆门前停下来，从车上跳下一位胖乎乎的绅士。他径直走到大门口，通过某种不可思议的方法迅速地走进房子，闯入房间，差点儿把贾尔斯先生连同餐桌一起撞翻。

“我从未听说过这样的事！”胖绅士喊道，“亲爱的梅利太太——谢天谢地——而且在夜深人静的时候——我从未听说过这样的事！”

说了这番安慰的话后，胖绅士和两位女士一一握手，往前拉了一张椅子，问她们觉得身体怎样。

“你们肯定吓得半死。”胖绅士说道，“天啊！天啊！太出乎意料了！而且发生在夜深人静的时候！”

“你呢，罗斯小姐？”医生转过头去问年轻小姐道，“我——”

“噢！确实怕极了，真的。”罗斯打断了他的话，说道，“可是楼上有个可怜的人，伯母希望你去给他看看。”

“啊！当然可以，”医生回答道，“这么说还真有人受伤。贾尔斯，我知道，这是你的杰作了。”

一直在紧张地摆正茶杯的贾尔斯先生涨红了脸，说他荣幸地干了这件事。

“天哪！这倒是真的！”医生说道，“他在哪儿？你给我带路。梅利太太，我下来的时候再来看你。他就是从那个窗口进来的吗？哦，我简直不能相信！”

他一路讲个不停，跟着贾尔斯先生上楼了。他上楼的时候，读者可以先了解到，洛斯伯恩是本地的外科医生，他是一位既善良、热情，却又古里古怪的老单身汉。

医生离开的时间，比他自己或那两位女士原先预料的要长得多。一只扁形的大药箱从双轮马车上取了出来，卧室的铃声不时地响起，仆人们楼上楼下跑个不停。从这些表征可以正确地判断，有件重大的事情正在楼上进行。医生终于下楼来了。在答复有关病人情况的焦急询问时，他显得异常神秘，小心翼翼地把门关上。

“这事非常怪，梅利太太。”医生说道。他背着门站着，仿佛不让门打开似的。

“但愿他没有什么危险吧？”老太太问道。

“噢，在这样的情况下，危险是很正常的事，”医生回答道，“尽管我认为他现在没有什么危险。你们见过这个窃贼了吗？”

“罗斯曾想去看看他，”梅利太太说道，“可是我不同意。”

“哼！”医生回答道，“他的外表并不怎么吓人。在我的陪同下去看看他，你们不反对吧？”

“如果有必要的话。”老太太回答道，“我当然不反对。”

“那么，我看有必要，”医生说道，“无论如何，我相信，如果你们推迟见他的话，你们将会为自己未能早些见到他而深感遗憾的。现在，他已完全平静和安适了。请允许我——罗斯小姐，你允许我搀扶吗？一点也不用害怕那个窃贼，我以自己的名誉向你们保证！”

第三十章

叙述奥利弗的新探视者们对他的看法

医生喋喋不休地一再保证，她们对罪犯的外貌将会感到又惊又喜，一边拉着年轻小姐的手臂挽住自己的一只手臂，一边将空着的一只手递给梅利太太，庄重、有礼地领着她们上楼。

“好了，”医生轻轻地转动卧室的门把手，低声地说道，“请站住！让我先看看他的健康状况是否适合探视。”

这位诚实的绅士用手抓住帘子，默默地旁观了一分钟左右。他正在这样注视病人的时候，年轻小姐悄悄地走过去，坐在床边的一张椅子里，把遮住奥利弗脸上的头发拢起来。当她向他俯下身去时，她的眼泪扑簌簌地滴落在他的前额上。

“这究竟是怎么回事呢？”老太太喊道，“这个可怜的小孩绝不会是强盗的徒弟吧！”

“罪恶能在许多神殿栖身。”外科医生放下帘子，叹息道，“谁能够说一位外貌姣好的美人就不会将她的罪恶深植于心里呢？”

“可是，你能——哦！你真的能够相信这个羸弱的男孩一直是罪大恶极的社会渣滓的自愿的同伙吗？”罗斯说道。

医生摇了摇头。他的态度表明他担心这是非常可能的，又说他们会打扰病人，就把她们带进隔壁的一个房间。

“可是，即便他是邪恶的，”罗斯继续说道，“想一想他多么年轻；想一想他可能从未得到过母爱，或家庭的温暖；想一想虐待和挨打，或缺乏面包可能驱使他与强迫他犯罪的那些人同流合污。伯母，亲爱的伯母，看在上帝的分上，无论如何，监狱很可能会把他所有的悔改机会统统断送掉。噢！既然你爱我，而且也知道由于你的善良和慈爱，我从未感受到自己失去双亲的痛苦，否则，我本来也会感到这种痛苦，也会像这个可怜的孩子那样孤立无助、无依无靠的。可怜可怜他吧，要不然就来不及啦！”

“亲爱的，”老太太把泪流满脸的姑娘搂在怀里，说道，“你以为我会伤害他的一根毫毛吗？”

“噢，不会的！”罗斯急忙回答道。

“当然不会。”老太太说道，“我在世上的日子已经不多了。我宽恕别人，但愿也能得到别人的宽恕！我该做些什么才能拯救他呢，先生？”

“让我想想，太太，”医生说道，“让我想想。”

洛斯伯恩先生双手插进口袋，在房里来来回回兜了好几圈，他终于突然站定，说了如下的话：

“我想，如果你全权委托我去吓唬贾尔斯和那个小伙子布里特尔斯，这件事我就有办法对付。贾尔斯是个忠厚老实的人，又是一个老仆人，这我知道，可是你可以用无数的方法去补偿他，并因为他是这么一个神枪手而奖赏他。这样你不反对吧？”

“那么，我伯母授予你全权负责，”罗斯破涕为笑，说道，“可是，除非绝对必要，对那两个可怜虫别太苛刻了。”

“现在，我提出这样的条件：我将当着你们的面查问他。如果我们从他所说的话判断，并且我可以以令你们清醒的头脑满意的方式表明，他是一个货真价实的、彻头彻尾的坏蛋（这是非常可能的），那么，无论如何我就不再插手这件事，必须让他听天由命。”

最后，协议达成了，双方有点不耐烦地坐下来等待奥利弗醒来。

这两位女士的耐心注定要经受时间的考验，一直到了晚上，这位心地善良的医生才给她们带来了消息：奥利弗已充分地恢复过来，可以跟他交谈了。

这次谈话持续了很长时间。奥利弗把他不算复杂的一切经历告诉他们，伤口的疼痛和乏力常常迫使他停下来。在这黑暗的房间里，倾听一个受伤男孩以微弱的声音，叙述冷酷无情的坏人给他造成的、令人厌倦的一系列的不幸和灾难，这委实是件严肃的事。

这次重要的谈话一结束，奥利弗又镇定下来休息。医生揩干了眼泪，突然谴责自己的眼力差劲之后，就到楼下找贾尔斯先生理论去了。

“晚上病人的情况怎样，先生？”贾尔斯问道。

“还行，”医生回答道，“我倒担心你自己遇到麻烦了，贾尔斯先生。”

“但愿你的意思该不会是，先生，”贾尔斯先生浑身发抖，说道，“他快死了吧。如果我猜中了，我将永远也高兴不起来。”

“那好，你们俩都告诉我，”医生说道，“你们俩！你们打算站出来发誓，说楼上那个孩子就是昨天夜里被塞进小窗口的那个孩子吗？说出来？说呀！我们准备好听你们发誓！”

“这是被窃贼破门而入的房子，”医生说道，“两个男人在弥漫的硝烟中，在一片惊恐、黑暗的混乱中瞬间看见了一个男孩。这是第二天早晨到同一幢房子的一个男孩，由于他碰巧有只胳膊包扎着，这两个男人就对他下毒手，从而使他的生命垂危，并发誓说他就是窃贼，现在的问题是，事实是否证明这两个人是正确的：如果不正确，他们把自己置于什么样的境地？”

“我再问你一次，”医生怒喝道，“在庄严的誓言的约束下，你们能够辨认出这个男孩吗？”

布里特尔斯疑惑地看着贾尔斯先生，贾尔斯先生疑惑地看着布里特尔斯。这时，从大门口传来了门铃声，与此同时，又传来了辘辘的车轮声。

“警官到啦！”布里特尔斯喊道，显然大大地松了一口气。

“什么人？”医生惊叫道，现在轮到他被吓呆了。

“博街[①]的巡警，先生。”布里特尔斯说着，拿起了一支蜡烛，“我和贾尔斯先生今天早晨派人去请他们来的。”

“你们请他们来，是吗？那么你们该死的——该死的马车，这时候才到，我的话说完了。”医生边说边匆匆地走开了。

① 伦敦市中心一街名，是主要警察法庭的所在地。

第三十一章

本章涉及了一个危急情况

“谁呀？”布里特尔斯问道。门上还挂着链条，他把门开出一条缝，用一只手为蜡烛遮风，往门外窥探。

“开门，”外面的一个男人说道，“是博街的巡警，你们今天派人去请的。”

听这么一说，他大感宽慰，将门尽量地打开，迎面站着一个身穿大衣的魁梧的男人，他二话没说就走进来，在蹭鞋垫上擦鞋，从容得仿佛在自己家里一般。

“告诉你家主人，布莱塞斯和达夫来了，好吗？”身材较胖的那位说道，他捋平了自己的头发，将一副手铐放在桌上，“噢！晚上好，医生。对不起，我可以私下跟你聊几句吗？”

这话是对洛斯伯恩先生说的，他现在又露面了。医生示意布里特尔斯退下，自己将两位女士带进来，把门关上。

“这位是女主人。”洛斯伯恩先生指着梅利太太说道。

布莱塞斯先生鞠了一躬。主人请他坐下来，他将帽子放到地板上，坐到一张椅子里，并示意达夫也坐下来。

“嘿，关于这起抢劫案，医生，”布莱塞斯说道，“情况究竟如何呢？”

洛斯伯恩先生似乎想争取时间，便非常详细地、啰啰唆唆地叙述了盗窃案的情况。

“喂，仆人们正在谈论的这个男孩究竟是怎么回事？”布莱塞斯问道。

“一点儿事也没有。”医生回答道，“其中一个受惊的仆人竟以为他与破门而入的未遂的夜盗行动有些关系。但这是胡说八道，纯属荒唐。”

“如果是这样，那很容易解决。”达夫说道。

布莱塞斯先生说道，“我们最好先检查房屋，然后询问仆人。这是办事的老规矩。”

于是，灯烛弄来了。布莱塞斯先生和达夫先生在地方警官、布里特尔斯、贾尔斯，总之在其他人的陪同下，走进了走廊尽头的那个房间里，站在窗前往外看；又经由草坪绕到外头，从窗口往里瞧；接着，拿了一支蜡烛照着窗板察看了一番；后来，拿了一盏灯寻找脚印；临了又拿了一把干草叉搜索灌木丛。这件事完成之后，布莱塞斯和达夫让大家离开房间。他们留下来一起商量了好长时间。

与此同时，医生在隔壁房间里坐立不安，不断地来回踱步；而梅利太太和罗斯小姐的脸上带着焦虑的神色在旁边观望。

“说实在的，”医生在房里迅速地转了几圈之后戛然止步，说道，“我简直不晓得该怎么办。”

“无疑，”罗斯说道，“如实地向这两位警官重复这个可怜的孩子的经历，足以使他免罪。”

“对这个问题我考虑得越多，”医生说道，“就越清楚，如果让这些人知道这孩子的真实经历，将会带来没完没了的麻烦和困难。我敢肯定他们不会相信。”

“噢！那该怎么办呢？”罗斯喊道，“天啊，天啊！他们为什么叫这些人来？”

“为什么，真是的！”梅利太太大声说道，“无论如何，我可不要他们到这儿来。”

“我们唯一的办法是，”洛斯伯恩先生终于异常冷静地坐下来，说道，“这孩子患有严重的热病症状，其健康状况再也不允许任何人跟他交谈。这是一大慰藉，我们必须充分地利用它。进来！”

“好了，先生，”布莱塞斯走进房间说道，后面跟着他的同事，他先将房门关紧，然后才继续说道，“这案子不是预谋的。”

“我们发现，这是伦敦人干的，”布莱塞斯继续报告道，“因为作案的手法是一流的。”

“确实很巧妙。”达夫低声附和道。

“有两个人作案，”布莱塞斯继续说道，“他们还带来了一个男孩，从那扇窗口的大小一看就明白。眼下能说的就这么多。对不起，我们马上要看看楼上的那个孩子。”

“也许他们想先喝点什么，梅利太太？”医生说道，脸上露出喜色，仿佛他想出了新主意。

“来点儿烈酒，医生，如果你们无所谓的话。”布莱塞斯回答道，“从伦敦一路乘马车过来很冷，太太。况且我总是发现烈酒更容易御寒，令人有一种热乎乎的感觉。”

这一有趣的看法是向梅利太太发表的，她非常优雅有礼地采纳了。就在布莱塞斯正在向她发表这一见解时，医生悄悄地溜出房间。

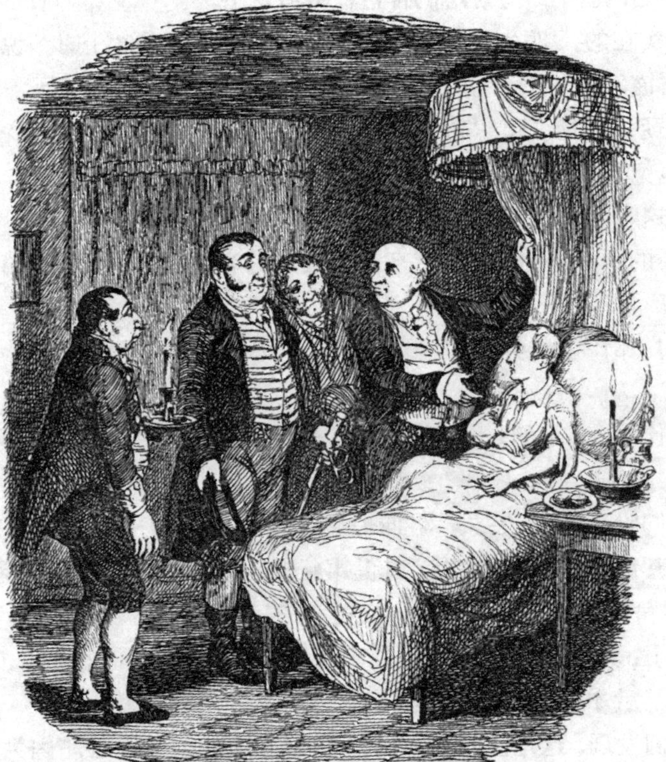

医生说道："现在，如果你们愿意的话，可以上楼了。"他在布莱塞斯发表见解之后不久又回到房里了。

奥利弗昏昏沉沉的，看上去病情更重了，热病也比表面看来来得严重。在医生的协助下，奥利弗设法在床上坐直了一分钟左右，眼睛看着这两个陌生人，根本不晓得是怎么回事——实际上，他似乎想不起来自己身在何处，或者发生了什么。

"这，"洛斯伯恩先生说道，他说话的声音很轻柔，却很热情，"这就是那个小孩。他因年幼无知，擅自闯入某某先生后面的庭园，而意外地被弹簧枪击伤，今天早晨来到这家求助，马上被手里拿蜡烛的这位机灵的先生逮住，并受到粗暴的对待。他已经将这孩子的生命置于非常危险的境地。作为医生我可以证明这一点。"

当贾尔斯先生被这样介绍给他们时，布莱塞斯先生和达夫先生的目光一直注视着他。这位手足无措的男管家怀着既恐惧又困惑不解的荒谬可笑的复杂心情先看看他们，又看看奥利弗，然后再看看洛斯伯恩先生。

"我想，你该不是想否认吧？"医生说着，又将奥利弗轻轻地放到床上。

"你现在认为怎样？"布莱塞斯先生问道。

"我不知道该怎么认为。"可怜的贾尔斯回答道，"我认为他不是那个孩子。其实，我几乎可以肯定他不是。这不可能，你也知道。"

"这个人喝醉了吗，先生？"布莱塞斯回过头来问医生道。

"你真是一个大傻瓜！"达夫极其轻蔑地对贾尔斯先生说道。

在上述短短对话的过程中洛斯伯恩先生一直在给奥利弗诊脉。现在，他从床边的椅子站起来，说，如果警官对这个问题有任何疑问的话，不妨到隔壁房间问问布里特尔斯。

根据这一建议，他们走到隔壁房间。被叫到那里的布里特尔斯先生和他可敬的上司贾尔斯一样陷入一阵矛盾百出、无中生有的奇妙的迷惘中，事实上，他只是声称，如果此刻作案的小孩站在他面前，他也辨认不出来。

在其他种种别出心裁的猜测中，后来他们又提出了这样的问题：贾尔斯是否真的开枪击中过任何人？检查了与他用过的那支配对的另一支手枪之后，发现原来除了装上火药和牛皮纸外，根本没有装上毁灭性的子弹。这一发现给每个人留下了很深刻的印象——医生除外，他在大约十分钟前把子弹取出来了。最终，这两位警官不再怎么操心奥利弗的事，让彻特西的警察留在屋里，他们自己到镇上过夜，答应第二天早晨再回来。

总之，经过进一步的审查和大量的交涉之后，附近的地方保安官终于被说服，允许梅利太太和洛斯伯恩先生联合保释奥利弗，但法庭一有传唤，奥利弗必须随叫随到。布莱塞斯和达夫获得两三个几尼的奖赏之后，带着对此案的不同看法回到镇上。

与此同时，奥利弗在梅利太太、罗斯和善良的洛斯伯恩先生的共同照料下渐渐地康复。

第三十二章

叙述奥利弗开始和善良的朋友们过着幸福的生活

奥利弗的病痛既不轻也不少。除了被打断的手臂感到疼痛和延误护理之外，由于暴露在潮湿、寒冷的户外还引发了热病和疟疾。他病魔缠身达数周之久，使他瘦得皮包骨头。然而，他的健康状况终于渐渐地好转起来了。

“可怜的人儿！”当奥利弗有一天用虚弱的声音竭力说出浮现在他苍白的嘴上的这些感激的话语时，罗斯说道，“我们打算到乡下去，我伯母的意思是你可以陪我们去。用不了几天，那个安静的地方、纯净的空气，以及一切春天的乐趣和美妙的事物，就能使你的身体复原。如果你不怕麻烦的话，我们用得着你的地方多着呢。”

“麻烦！”奥利弗大声说道，“噢，亲爱的小姐，要是我能替你们干活，要是我能替你们浇花而让你们快乐，或者照看你们的鸟儿，或者整天跑上跑下来让你们高兴，要是能够这样的话，我还有什么不愿付出的啊！”

“无论我怎么说，也比不上你将给我带来的快乐，”年轻小姐回答道，“一想起我亲爱的、善良的伯母的善行和怜悯的对象是个真诚感激的和有情义的人，这给予我的喜悦，你是难以想象的。你明白了我的意思吗？”她注视着奥利弗若有所思的脸，问道。

“噢，明白，小姐，明白！”奥利弗急切地回答道，“可是我刚才在想我现在是忘恩负义的。”

“对谁忘恩负义呢？”年轻小姐问道。

“对那位仁慈的老先生和那位可亲的老保姆。他们以前对我太关照了，”奥利弗回答道，“如果他们知道我现在多么幸福，我相信他们也会感到高兴的。”

“我相信他们会的。”奥利弗的女恩人说道，“洛斯伯恩先生已经答应在你能承受旅途劳顿的时候陪你去看望他们。”

“他答应了吗，小姐？”奥利弗喜形于色，喊了起来，“我再次见到他们慈祥的面容时简直会高兴得不知如何是好！”

不久以后，奥利弗的身体已恢复到经得住这趟出行的辛劳了。于是有一天早晨，他和洛斯伯恩先生乘着梅利太太的一辆小型的四轮马车出发了。

奥利弗知道布朗洛先生居住的那条街名，所以他们这回可以直接驱车到那儿。马车拐入这条大街时，奥利弗的心口如此剧烈地跳动，几乎透不过气来。

马车继续辘辘前行。它停了下来。不，不是那一栋，是另外一栋。马车又继续走了几步，然后又停下。奥利弗抬头仰望那些窗户，幸福的、期望的热泪从脸上淌下来。

哎呀！那栋白色房子是空的，窗口上贴了一张“招租”布告。

“敲敲隔壁家的门。”洛斯伯恩先生挽着奥利弗的手，大声说道，“过去住在隔壁的布朗洛先生怎么啦，你知道吗？”

仆人不知道，但她愿意进去问一下。不久，她回来说，布朗洛先生六周前已变卖了动产，前往西印度群岛去了。奥利弗两手十指交叉，身子无力地往后倒下去了。

“他的女管家也走了吗？”洛斯伯恩先生停了一会儿又问道。“是的，先生，”女仆回答道，“那位老先生、女管家，还有布朗洛先生的一位朋友，他们一起走的。”

“那就打道回府吧，”洛斯伯恩先生对马车夫说道，“在你走出这该死的伦敦之前，中途别停下来喂马！”

然而，这件事并没有引起他的恩人们的任何改变。又过了两周之后，当天气完全开始转晴，变得暖和的时候，他们动身前往远处的一个乡间别墅，并把奥利弗也带去了。

他们去的是这么一个可爱的地方。玫瑰和忍冬依附在别墅的墙壁上；

常青藤绕着树干蔓延；花园里的鲜花使空气散发出馥郁的香气。附近是一块小小的教堂墓地。奥利弗常常到那儿闲逛。想起他妈妈长眠的那座凄凉的坟墓，他有时会坐下来偷偷地啜泣。

这是一段幸福的时光。白天宁静、安详；夜晚也不会带来恐惧和忧虑。他每天早晨去找那位白发苍苍的老先生。这位老先生住在小教堂附近，他教奥利弗读书、写字。他说话如此和蔼、如此耐心，奥利弗无论怎样竭力使他高兴都不为过。他常常陪梅利太太和罗斯小姐一块散步，听她们谈论书本，或者在某个阴凉处坐在她们身边，听年轻小姐朗读。他可以一直这样听下去，直到天太黑了，看不见书上的字。当天色已晚，他们回到家里时，年轻小姐就坐下来弹钢琴，弹奏一支悦耳的乐曲，或以低柔的声音唱一首她伯母喜欢听的旧歌。在这样的时刻从不点蜡烛，奥利弗就坐在其中的一扇窗口旁出神地聆听着优美的音乐。

清晨，奥利弗六点就开始在田野上漫游，从四处的树篱上采摘一束束野花，满载而归。他对这些野花加以精心挑选，以便装饰早餐餐桌。他还用新鲜的野生植物——千里光来喂养梅利太太的鸟。奥利弗还怀着由衷的诚意致力于照料花园里的花草树木，直到罗斯小姐露面。这时，她总会对他所做的一切赞不绝口。

一晃三个月就过去了。三个月结束之后，奥利弗·特威斯特已经和老太太及其侄女完全融为一体了，强烈的爱在他那颗年轻的、敏感的心中燃烧，而她们回报了他的爱，并引以为豪。

第三十三章

在本章中，奥利弗和他朋友们的幸福生活突然中断

春天稍纵即逝，转眼间夏天来临了。倘若这个村子当初在春天里是漂亮的话，那么，现在则是鲜艳夺目、郁郁葱葱了。这儿有浓密、宜人的树荫，从这儿可以眺望沐浴在阳光下延伸到远处的大片景色。大地已经披上了最鲜艳的绿色斗篷，到处散发出最浓烈的芳香。这是一年之中的朝气蓬勃的全盛时期，万物欣欣向荣，一派繁荣景象。

然而，在小小别墅里，人们继续过着平静的生活。奥利弗早已变得强壮、健康了。

一个美丽的夜晚，他们外出散步的时间比平常长了一些，因为那天天气异常暖和，而且明月当空，和风吹拂，确实令人心旷神怡。罗斯也一直兴致勃勃的，他们谈笑风生，继续往前散步，直到远远地超出了他们通常的散步范围。因梅利太太太累了，他们以比平时缓慢的速度走着回家。年轻小姐只是匆匆地脱掉朴素女帽，如平常一样坐下来弹钢琴。她弹奏时，他们听到她仿佛在哭泣。

“不是生病了吧，亲爱的？”梅利太太插话道。

“不是，不是！噢，不是生病！”罗斯回答道，她说话的时候浑身直哆嗦，好像有股致命的寒气从她的头上掠过似的，“我很快就会好的。请把窗户关上！”

“孩子！”老太太说道，张开双臂将她抱住，“我以前从未曾见过你这样。”

“如果我能够避免，我就不愿让你担忧，”罗斯回答道，“我恐怕是病了，伯母。”

她确实病啦。当蜡烛拿上来时，他们发现自从散步回来才过了一会儿，她的脸色已经变得如大理石一样苍白。一会儿之后，她的脸上泛出深红色的红晕。她那双温柔的蓝眼睛变得异常狂野。不一会儿，这种现象又消失了，犹如一朵浮云投下的阴影似的。她的脸色再次变得死一般的苍白。

奥利弗焦虑不安地注视着老太太，发现这些现象使老太太颇为恐慌。罗斯叫他们放心，她相信第二天早上醒来时就没事了。

“但愿没有什么要紧吧？”梅利太太回来后，奥利弗说道，“虽然她今晚看上去身体不适，但是——”

“她现在病得很重，”梅利太太回答道，“而且病情还会变得更糟，真的。我亲爱的、亲爱的罗斯！噢，没有她我该怎么办呢？”

她禁不住悲伤万分，奥利弗只好抑制住自己的情感，冒昧地规劝她，同时，真诚地恳求她，为了这位可爱的姑娘本人，她应该更加镇定。

接踵而至的是一个令人忧心忡忡的夜晚。当早晨来临时，梅利太太的预言得到了很好的验证。罗斯处于危险的高热病的第一阶段。

“我们必须积极主动，奥利弗，不可以屈服于徒劳的忧伤，”梅利太太说着，将一只手指放在嘴唇上，一边目不转睛地直视着他的脸，“这封信必须以最快的速度送到洛斯伯恩先生手里。必须先将它送到集镇。若走田野的小路，集镇离这儿最多四英里。信从那儿由专差骑马快递，直达彻特西。让客栈里的人把信送出去。我信任你监督他们把信送出去。”

奥利弗未能作答，但脸上露出焦虑的神色，巴不得立即出发。

“这儿还有另一封信，”梅利太太停下来想了一下，说道，“不过，我也拿不定主意，是现在送去，还是待我观察罗斯的病情演变情况后再说，除非我所担心的最坏的情况发生了，否则，我就不把这封信寄出去。”

“这封信也要发出去吗，太太？”奥利弗焦急地抬起头来问道。

“我看先别发出去，”梅利太太说着，又把信收回来，“等明天再说吧。”

说完，她将钱包交给奥利弗。奥利弗立即以最快的速度出发。

他迅速地穿过田野，沿着田野的乡间小道奔跑。除了不时地停几秒钟喘口气外，他不曾停下来，直到他浑身发热，风尘仆仆地来到那座镇上的小集市。

他在这里停下来，四处寻找客栈。

他问了一个正在门口打盹的邮差。邮差听了他要办的事后叫他去找马夫；马夫听了他再次陈述来由后，又叫他去找客栈老板。

这位先生慢吞吞地走进酒吧间去开账单——花了好长时间才开好。等开好之后付了账，得给一匹马上鞍，邮差还得穿好衣服，这样足足又花去十分钟。终于，一切准备就绪，那个小包裹递上去了。奥利弗又是吩咐，又是请求，要求迅速地把信送出去，邮差这才策马嗒嗒嗒地越过集市高低不平的石子路，几分钟之后便出了镇，沿着收税大道疾驰而去。

奥利弗觉得请求救援的信肯定已发出去，且时间没有耽误，这多少是一种安慰。于是，奥利弗以较轻松的心情匆匆地走过客栈的院子。他正要离开大门口，这时，意外地撞在一个裹着斗篷的高个子男人身上。这个人此刻正从客栈的大门出来。

这男人一边语无伦次地说话，一边挥舞着拳头。他朝着奥利弗走过来，仿佛想给他一拳似的，可是他却猛然瘫倒在地，突然满地打滚，口吐白沫。

奥利弗呆呆地看了一会儿这个疯子（奥利弗以为他是个疯子）的挣扎，然后冲到屋里求救。见到他被安全地抬进客栈后，他才掉头往回走。

罗斯·梅利的病情迅速地恶化了，不到半夜，她已神志不清。一位当地的医生昼夜护理着她。他第一次给她看病之后，就把梅利太太拉到一边，宣称她的病情十分令人忧虑。"事实上，"他说道，"如果她痊愈，那简直是奇迹。"

那天夜里，奥利弗有多少回从床上跳了起来，蹑手蹑脚地溜到楼梯口，侧耳倾听从病室里发出的最微弱的气息！他怀着极大的痛苦和悲哀的心情，为蹒跚在坟墓边缘的这位温柔的姑娘的生命和健康祈祷！

早晨来临了，小别墅既荒凉又寂静。人们低声地说话，焦虑的面孔不时地出现在大门口，妇女和儿童噙着眼泪离去。夜深了，洛斯伯恩先生终于来了。"这实在令人难以忍受，"医生说道，他说话时将头侧了过去，"这么年轻，这么受人疼爱，可是希望非常渺茫了。"

又一个早晨来到了。阳光灿烂，灿烂得仿佛看不到痛苦或忧伤。白肤金发的年轻小姐正躺在病榻上，身体迅速地衰弱下去，奥利弗蹑手蹑脚地走到旧教堂墓地，坐在其中的一座绿草萋萋的坟墩上，默默地为她垂泪，为她祈祷。

他到家时，梅利太太正坐在小客厅里。他获悉罗斯已经酣睡，她将会从酣睡中醒来。届时，她要么痊愈，要么向他们告别，然后与世长辞。

他们接连几小时坐在那儿，倾听着，不敢讲话。饭菜原封不动地撤回去了。他们灵敏的耳朵听到了朝他们走过来的脚步声。洛斯伯恩先生进来时，他们都本能地冲到门口。

“罗斯的情况怎样？”老太太叫道，“马上告诉我！我能受得了；只是受不了悬念！噢，告诉我！看在上帝的分上！她死啦！她快死啦！”

“不！”医生激动地嚷道，“由于上帝是善良的慈悲的，她今后还会活好多好多年，来为我们大家祝福。”

老太太跪了下来，想交叉十指，可是，这么长时间支撑着她的活力，连同她第一次的感恩祷告一起逃往天国去了。她瘫倒在展开双臂接纳她的朋友的怀抱里。

第三十四章

本章包括对现在登场的一位年轻先生的初步介绍，并讲述奥利弗的一次新的奇遇

这太令人高兴了，简直令人难以消受。奥利弗简直无法明白已经发生了什么事，直到他在静谧的夜风中漫步了很久之后，才突然宽慰地放声大哭。

当他往回走的时候，夜幕正很快地降临。他捧着许多为装饰病室而精心挑选的鲜花。突然听到身后响起马车疾驰的声音。他掉头一看，发现一辆驿站马车正飞快地向他疾驶过来。马在飞奔，路又窄，奥利弗就倚靠在一道门上站着，等待马车过去。

马车朝前猛冲过去的时候，他瞥见一个头戴白睡帽的人。他似乎觉得这个人有点面熟，一两秒钟之后，戴睡帽的脑袋突然伸出车窗外，一个洪亮的声音吼叫马车夫停下来。马车夫让马车停下了。接着，睡帽再度出现，同时一个声音直呼奥利弗的名字。

“喂！”那个声音喊道，“奥利弗，有什么消息吗？关于罗斯小姐的消息！奥利弗少爷！”

“你是贾尔斯吗？”奥利弗跑到马车门前，大声说道。

这时，坐在马车另一个角落里的一位年轻先生突然把贾尔斯往后拉，心急火燎地问有什么消息。

“一句话！”这位先生大声说道，“病情好转还是恶化？”

“好转——好多啦！”奥利弗急忙回答道。

这位年轻先生不再吭声，却打开车门，从车上跳下来，慌忙抓住奥利弗的手臂，把他带到一边。

“你完全肯定吗？你不会弄错，是吧，老兄？”这位先生以颤抖的声音问道，“别唤起无法实现的希望来欺骗我。”

“我绝不会这样，先生。”奥利弗回答道，“其实，你可以相信我。洛斯伯恩先生的原话是‘她今后还会活好多好多年，来为我们大家祝福’。我听见他这么说的。”

就在他们朝前走的时候，奥利弗以极大的兴趣和好奇心不时地瞅上这位新来者一眼。他的年纪看上去约莫二十五岁，中等身材，相貌坦诚、英俊，举止随和、大方。尽管他同老太太之间年龄差距很大，但他长得太像老太太了，如果他未提及她是他母亲，奥利弗也不难猜出他们之间的母子关系。

哈里抵达别墅时，梅利太太正心急火燎地等着接她儿子。这次见面双方都非常激动。

“妈妈！”年轻人低声说道，“你为什么不早点给我写信？”

“我早就写了，”梅利太太回答道，“可是经考虑之后，我决定把信扣下来，待我听了洛斯伯恩先生的意见再发出去。”

“可为什么呢？”年轻人说道，“为什么冒这种风险呢，这样的事差点儿发生呀！倘若罗斯已经——我现在说不出这个词儿——如果这场病的结果不是这样，你怎能原谅自己！我怎能再尝到幸福的滋味！”

“如果情况是那样的话，哈里，”梅利太太说道，“我怕你的幸福就全毁了，你早一天或晚一天抵达这儿已经无关紧要了。”

“这是冷酷的，妈妈，”哈里说道，“你还以为我是一个不了解自己的想法、误解自己灵魂的冲动的毛孩子吗？”

“我以为，亲爱的孩子，”梅利太太将一只手搁在他肩上，回答道，“一个热情的、忠实的和雄心勃勃的男人同一个名誉受玷污的女人结婚——尽管这污点不是因为她的过错引起的——但是，冷酷的和卑鄙的人可能会将这污点强加于她，甚至强加于他们的孩子，而且，这个男人在事业上越成功，他就越可能受到奚落和成为嘲笑的对象。无论他的天性多么慷慨和善良，有朝一日，他可能会后悔年轻时建立起来的婚姻关系，而她可能会痛苦地知道他在后悔。”

“妈妈，”年轻人急躁地说道，“那个有此种行为的人将是一个自私自利的畜生，既辜负了一个人的名声，也配不上你所描述的那个姑娘。”

“这只是你现在的想法，哈里？”他母亲说道。

“我已经考虑过了！”哈里不耐烦地回答道，“妈妈，我已经考虑了好多年啦。我的感情依然没有改变，今后也不会改变。不！在我离开这里之前，罗斯必须听我表白。”

“她必须听。”梅利太太回答道，“现在我必须回到她那儿去。上帝保佑你！”

“你愿意告诉她我在这儿吗？”哈里问道。

“当然愿意。”梅利太太回答道。

“告诉她我一直多么焦急，我遭受多么大的痛苦，我多么渴望能见到她。这你不会拒绝吧，妈妈？”

“不会，”老太太说道，“我会把一切都告诉她。”她深情地紧握着儿子的手，匆匆地走出房间。

这次仓促的谈话正在进行时，洛斯伯恩先生和奥利弗依然留在房间的另一端。前者如今向哈里·梅利伸出一只手，他们彼此之间互致衷心的问候。然后，医生回答了他的年轻朋友提出的五花八门的问题，详细地向他叙述了他的病人的情况，而假装忙着捣鼓行李的贾尔斯先生全神贯注地听他们的交谈。

“你最近射中了什么特别的目标了吗，贾尔斯？”医生说完之后问道。

“没有什么特别的，先生。”贾尔斯先生回答道。他的脸一下子红到了耳根。

“很好，”医生说道，“见到你在这儿，贾尔斯先生，使我想起我被匆忙叫来前，应你们善良的女主人的要求我为你办的一件小事。请你到这个角落来一会儿，好吗？”

贾尔斯先生带着自命不凡和有点惊奇的神情走到角落里，并以能和医生进行一次简短的、交头接耳的谈话而感到荣幸。交谈结束后，他频频地鞠躬，迈着稳重、庄严的步伐退下了。贾尔斯先生径直走到厨房，要了一杯啤酒之后，摆出了一副威严的气派——这是非常有效的——宣布：鉴于他在上次未遂的抢劫中表现出的英勇行为，女主人在地方储蓄银行专门为他存入一笔二十五英镑的款项。

奥利弗第二天醒来时心情好些了，怀着多日来所没有的希望和欢乐从事原先清晨的例行工作。鸟笼又挂了出来，让鸟儿在它们的老地方歌唱。他又采来了最芳香的野花，美丽的鲜花令罗斯赏心悦目。过去几天来一直笼罩着每一件事物的忧郁气氛已不可思议地烟消云散了。

奥利弗同时也注意到，他每天清晨的外出不再是单独一人了。哈里·梅利就在第一天清晨遇到奥利弗抱着鲜花回家之后，突然对鲜花发生了浓厚的兴趣，并在插花方面表现出强烈的爱好，以至远远地超过了他的年轻同伴。他们天天早晨一起走遍乡间，搜寻鲜花，把盛开着的最美丽的鲜花带回家。现在，小姐房间的窗户打开了。以清新的空气让自己恢复活力和健康。可是，就在花格窗的内侧，每天早晨总有一小束经过精心整理的鲜花

插在水中。时光飞快地流逝着，罗斯的身体也正在迅速地康复。

奥利弗加倍勤奋地向那位白发老先生请教。他太用功了，他进步的速度连自己都感到吃惊。

他习惯坐下来埋头苦读的那个小房间位于别墅后面的底层。在这个方向再没有别的住宅。从这里眺望，视野非常开阔。

一个天气宜人的傍晚，暮色开始降临大地时，奥利弗坐在窗前专心地读书。由于天气异常闷热，因此，他渐渐地睡着了。

蒙胧中，他似乎听到两个人在窃窃私语。

"嘘，亲爱的！"他觉得自己听到犹太人说道，"是他，果真是他。走吧。"

"是他！"另一个人似乎在回答，"你以为我会看错吗？倘若有一群鬼装扮得跟他一模一样，而他站在它们中间，我总有办法把他指出来。"

这个人似乎带着刻骨仇恨来说这番话，以至奥利弗惊醒过来，并一跃而起。

天啊！那儿——犹太人在那儿——站在窗外——就在他面前——靠得这么近，以至在他退缩之前几乎可以触摸到他。犹太人双眼凝视着他的房间，与他的目光相遇！犹太人身边有一个面貌阴沉的人，他因盛怒或害怕，或两者兼而有之而脸色煞白。他正是奥利弗在客栈庭院里遇到的那个人。

这是一刹那、一瞥、一闪现的事，然后他们就消失了。可是他们认出了他，他也认出了他们。奥利弗呆呆地站了一会儿，然后从窗口向外一跃，跳进花园里，大喊救命。

第三十五章

本章包括奥利弗的奇遇
不能令人满意的结果，以及哈里·梅利和罗斯之间
一次颇为重要的谈话

屋里的人听到奥利弗的喊叫声匆匆赶到他呼救的地点。他们发现奥利弗脸色苍白，狂躁不安，朝着屋后草地的方向指去，几乎连话都说不清：“那个犹太人！那个犹太人！”

“他朝哪个方向跑啦？”哈里问道，顺手抓起放在角落里的一根大棒。

“跟我来！尽量靠近我。”说着，他越过树篱，以别人难以跟上的速度猛冲出去。

贾尔斯紧紧跟上，奥利弗也跟了上去。一两分钟后，在外面散步、刚刚回来的洛斯伯恩先生也跟着他们跑去。他在树篱上绊了一跤，而后，以令人难以想象的敏捷爬了起来，以不可轻视的速度朝同一个方向跑去，边跑边拼命地大喊大叫，想知道究竟是怎么回事。

搜寻行动完全徒劳。

“想必是一场梦吧，奥利弗。”哈里·梅利说道。

“噢，确实不是梦，先生，”奥利弗回答道，一回想起那个老坏蛋的面貌，他就不寒而栗，“我把他看得再清楚不过了。我看到他们，犹如现在我看到你们一样清楚。”

尽管他们的搜寻明显是徒劳的，但他们一直搜索到夜幕降临，觉得再

搜下去毫无用处时才停止。

第二天，他们又重新搜寻和调查，但都未能取得较好的结果。第三天，奥利弗和梅利先生到集镇去，希望在那里能见到或听到有关那两个陌生人的情况，但这一努力同样一无所获。几天后，这件事像大多数事情一样，开始被人遗忘。怪事没有新养料的维持，便自行逐渐消失了。

与此同时，罗斯迅速地康复。她已经能够离开自己的寝室到户外走动了，也能重新与家人待在一起，将欢乐带进每个人的心里。

虽然别墅里可以再次听到欢声笑语，但奥利弗不能不觉察到，梅利太太和她儿子常常关在密室里进行长时间的商谈，罗斯不止一次带着满脸的泪痕出现。

终于，有一天早晨，当罗斯独自一个人在餐厅时，哈里·梅利进来了。他有些犹豫地请求跟她交谈片刻。

“我是被最可怕、最痛苦的忧虑带到这儿来的，”年轻人说道，“我担心失去唯一的心上人。我的每一个愿望和希望都寄托在她身上。你一直处于生命垂危状态，在尘世和天国之间徘徊。”

听到这些话时，这位温柔的姑娘眼里噙着泪水。

“一个人，”年轻人继续动情地说道，“一个犹如上帝自己的天使一样美丽和正直的人在生与死之间摇摆不定。它们使我日日夜夜为此分心；接着，是来势凶猛的如洪水般的恐惧、忧虑和自私的悔恨，唯恐你会死去，却不知道我多么真诚地爱着你。你康复了。你一天比一天忙，一小时比一小时健康，我用一双热切和深情的泪眼注视着你几乎从死亡中活过来。别告诉我你但愿我错过这样的机会，因为它软化了我的心，使我对全人类变得温和起来。”

“我不是这个意思，”罗斯流着泪说道，“我只希望你已经离开这儿，希望你本该重新开始崇高和高尚的追求——完全配得上你的追求。”

“除了争取赢得像你这样的一颗心外，再没有更值得我追求的了，也不存在最崇高的追求了。”年轻人拿起她的一只手说道，“罗斯，我亲爱的罗斯！多年来——多年来——我一直爱着你，希望自己能功成名就，然后自豪地回家告诉你，我只是为了让你分享才这样孜孜不倦地追求的。这个时刻尚未到来。然而我在此向你奉献出早已属于你的一颗心，并将我的一切寄托在你回答我这一求婚的一句话上。”

“我的回答是，”罗斯说道，“你必须努力把我忘掉。不是忘掉我是你深深依恋的旧伙伴，因为那样会深深地伤害我，而是忘掉我是你所爱的对象。放眼世界，天涯何处无芳草，有那么多可爱的人，你会因获得这些人的宠爱而感到自豪的。”

此刻出现了短暂的停顿。这期间，罗斯用一只手遮住脸，眼泪扑簌簌地往下掉。哈里依然握住她的另一只手。

“你的理由是什么，罗斯？”他终于低声说道，“你为什么做出这样的决定？”

“因为我举目无亲，一无所有，名声又不好，不该让你的朋友怀疑我出于卑鄙的动机答应你第一次恋情，让自己成为你一切希望和计划的累赘。对你和你的家人来说，我有责任阻止你出于慷慨的天性为自己的前途设置这个巨大的障碍。”

“那么，你爱我吗？”哈里问道，“只要你这么说，亲爱的罗斯，只要你这么说，就足以缓解这一令人难以忍受的失望的痛苦！”

“如果我可以这么做而不会使我所爱的人受大委屈，”罗斯回答说，“我就会——”

“就会以完全不同的方式接受我的这一爱情表白吗？”哈里问道，“至少别向我隐瞒这一点，罗斯。”

“是的。”罗斯说道，“别说啦！”她把她的手抽出来，补充道，“我们何必延长这种痛苦的会面呢？再见吧，哈里！我们今后再也不会像今天这样会面了。但是，我们可以保持长久的、幸福的友谊，而不是建立今天的谈话可能使我们导致的那种关系。”

“还有一句话，罗斯，”哈里说道，“用你自己的话说明你的理由。让我听你亲口说出来！”

“你的前途无量，”罗斯坚定地说道，“伟大的才能和有影响力的亲戚能够帮助人们在社会生活中达到的一切荣誉都在等着你。可是那些亲戚是妄自尊大的。我既不愿意跟瞧不起给了我生命的母亲的那些人交往，也不愿意给如此胜任地充当我母亲的她[①]的儿子带来耻辱或失败。”

“我再说一句话，罗斯，最亲爱的罗斯！再说一句！”哈里一下子扑到

① 指哈里的母亲，她收养了罗斯。

她跟前，大声说道，“如果我没有——没有世人常常称之为的幸运，如果我命中该过着默默无闻的、平平静静的生活；如果我一贫如洗、病魔缠身、孤立无援，那时，你会嫌弃我吗？还是因为我可能取得荣华富贵而使你产生这样的顾虑？”

“别逼我回答，”罗斯说道，“没有出现这样的情况，也永远不会出现这样的情况。强人所难是不公正的、近乎不仁慈的。”

“如果你的回答正是我几乎敢于希望听到的，”哈里反驳道，“它将会在我孤寂的人生道路上投下一线幸福的希望，照亮了我面前的道路。回答我这个唯一的问题吧！”

“那好，如果你的运气没有这么好，”罗斯回答道，“如果你的地位比我高一点，而不是相差这么悬殊，如果我在任何平静、隐退的环境中能够帮助或安慰你，而不是在雄心勃勃的和身份显赫的人群中成为您的耻辱或障碍，我就不会遭受这样的磨难，我就有充分的理由感到幸福，非常幸福。”

她再次伸出手来。但是年轻人将她一把搂进怀里，在她漂亮的前额上使劲地吻了一下，这才匆匆地离开房间。

第三十六章

这是很短的一章，看起来也不怎么重要，但它应该作为上一章的继续，也作为铺垫下一章的关键来读

“那么，你决定今天早晨跟我一块走，是吗？”哈里·梅利和医生及奥利弗一起用早餐时，医生问道，“哎呀，你的心思和意图前后半小时各不相同啊！”

“你总有一天会对我做出不同的评判的。”哈里说道，无缘无故地涨红了脸。

“但愿我能有充分的理由这么做，”洛斯伯恩先生回答道，“昨天早晨你匆匆忙忙地拿定主意要留在这儿，可是不到中午，你又宣布在回伦敦的路上和我结伴，使我感到荣幸之至。而晚上，你却神秘兮兮地催促我在女士们起床之前就动身，结果使小奥利弗被困在早餐桌旁脱不了身。”

“如果你和梅利先生离开的时候我不在家，我会感到非常遗憾的，先生。”奥利弗回答道。

不久以后，驿递马车来到了门口，贾尔斯进来取行李时，医术高明的医生赶忙跑出来关照捆扎、打点行李的事。

“奥利弗，”哈里·梅利低声说道，“让我跟你说句话。”

“我又要离开家了，也许要过一些时候才能回来。但愿你能够写信给我，好吗？”

“噢，当然愿意，先生，我将为此而感到自豪。”奥利弗惊叫道，因有了这项任务而无比喜悦。

“我想知道——想知道我母亲和梅利小姐的身体怎样，”年轻人说道，“你可以写满一页，告诉我你们如何散步，谈了些什么，她——身体是否很健康。你明白我的意思吗？”

“哦，明白了，先生，明白了。”奥利弗回答道。

“我倒希望你不要向她们提起写信的事，”哈里匆匆地说道，“因为这样一来会使我母亲急于经常给我写信，而这对于她是件麻烦的事。让这件事成为你我之间的秘密吧。务必把这一切情况告诉我！我就指望你啦！”

奥利弗因意识到自己的重要性而得意扬扬，并感到无比荣幸，诚心诚意地答应在通信过程中保守秘密、详尽报道。梅利先生向他辞别，再三保证要对他多加关心和保护。

驿递马车叮叮当当、咔嗒咔嗒、蜿蜒地沿着大路前进，几乎被淹没在一阵尘雾中，直到远得让人听不见它的响声，只能见到疾驶远去的踪影。

驿递马车走出好几英里以外，仍有一位旁观者的眼睛依然定定地盯着马车消失的方向。罗斯就坐在白色窗帘背后，当哈里朝着那扇窗口举目仰望的时候，白窗帘把她遮住了。

“看来他心境极佳、心情愉快，”她终于说道，“我还一时担心他可能是另一种样子。我想错了。我太高兴、太高兴了！”

眼泪不仅是忧伤的标志，而且也是快乐的标志。可是，当罗斯忧郁地坐在窗前，依然目不转睛地凝视同一个方向的时候，那沿着她的脸颊淌下来的眼泪中悲伤的成分多于欢乐的成分。

第三十七章

在本章中，读者可以看到在婚姻问题上常见的婚前婚后的截然不同

邦布尔先生坐在济贫院的客厅里，眼睛忧郁地盯着毫无生气的壁炉。邦布尔先生正在苦思冥想，他回想起自己过去生活中的痛苦经历。

不光是邦布尔先生的忧郁心情能在旁观者心中唤起怡人的愁思，还有其他的跟他的身份密切相关的迹象表明，他的境况已发生了重大的变化。

邦布尔先生和科尼太太结婚后，成了济贫院的主持人。另一位牧师助理开始当权。三角帽、金饰边上衣和手杖这三样东西便都落到新牧师助理身上了。

“到明天，这件事才过去了两个月！”邦布尔叹了一口气说道，“仿佛过去了很久很久似的。”

“我把自己出卖了，”邦布尔先生继续反思道，“只换了六把汤匙、一把方糖钳子、少量的旧家具和二十英镑现金，我把自己贱卖了。便宜，便宜极了！”

“便宜！”一个刺耳的声音在邦布尔先生的耳旁喊道，“无论以何种价格买你都是昂贵的。我为你付出了昂贵的代价了。这老天爷知道！”

邦布尔先生回过头来，面对着他那位有趣的配偶的脸。

“你打算整天坐在那儿打呼噜吗？”邦布尔太太问道。

“我打算坐在这儿，我认为坐多久合适就坐多久，太太，”邦布尔先生回

答道，“只要我高兴，我一定会打呼噜、打呵欠、打喷嚏、大笑、大喊。这是我的特权。”

“你的特权！”邦布尔太太带着难以形容的轻蔑冷笑道。

“正是我刚才说的，太太，”邦布尔先生说道，“男人的特权就是发号施令。”

“那么，女人的特权究竟是什么？”已故科尼先生的遗孀嚷道。

“服从，太太，”邦布尔先生怒喝道，“你那已故的、不幸的丈夫本该教会你这个。如果那样，也许他现在还会活着。”

邦布尔太太一眼便看出，现在决定性的时刻已经来临，而且，不论哪一方，为控制权而进行的战斗这必定是最后，也是决定性的一次。她一听到提及已故的人，就倒在椅子里，尖声叫嚷邦布尔先生是个冷酷无情的畜生，然后放声大哭。

然而，眼泪是渗透不进邦布尔先生的灵魂的，他的心是不透水的。

这位前任的科尼太太先以眼泪试探，因为眼泪比动手攻击较不费事。可是，她对采用后一种行动早已有了准备。邦布尔先生很快就领教了。

他体验到事实果然如此的第一个证据是一声巨响，紧接着，他的帽子突然飞到了房间的另一端。这一初步行动使他的脑袋光秃秃了，之后，这位经验老到的太太用一只手紧紧地掐住他的喉头，然后以罕见的力量和敏捷挥动另一只手，使雨点般的拳头落到他身上。而后，她变幻了一点小花样，开始抓他的脸、揪他的头发。然后，问他还敢不敢侈谈他的特权。

“起来！”邦布尔太太以命令的口吻说道，“从这儿滚出去，否则，我什么事都干得出来。”

邦布尔先生站了起来，面部表情异常沮丧，真不知道她会干出什么不顾一切的事儿来。他拾起帽子，眼睛朝门的方向望去。

“你滚不滚？”邦布尔太太喝问道。

“当然走，亲爱的，当然走，”邦布尔先生回答道，更快地朝门口走去，“我刚才无意——我这就走，亲爱的！你太凶了，以至我确实——”

这时，邦布尔太太匆匆地跨前一步，其实只是想把刚才扭打中被踢歪的地毯放平，邦布尔先生再也顾不得考虑那句没说完的话，马上冲出门去，让前任的科尼太太完全占据这块地盘。

邦布尔先生被冷不防这么一吓，精神十分颓丧。

“头尾才两个月！”邦布尔先生垂头丧气地说道，“两个月啊！仅仅两个月前，就教区济贫院而言，我不仅是自己的主人，也是其他每个人的主人，而如今！——”然后神不守舍地走到街上。接着，情绪的突变使他感到口渴，他在偏僻小路上的一家小酒店前停下来，进入了从街上窥视到的幽雅单间，叫了一些饮料。

雅间里只有一个男人，是个高个，皮肤浅黑，披一件大氅。从他有点憔悴的神色及衣服上满是尘土污垢、风尘仆仆的样子判断，他似乎已经走了不少路。邦布尔进来时，这个男人对他瞟了一眼，但几乎不屑地点头感谢他的问候。

陌生人的目光既敏锐又明亮，却蒙上了不信任和怀疑的阴影。

“嗯。”

“地点是那间破烂不堪的陋屋。无论在什么地方，那些无耻的、邋遢的女人尽管自己往往被剥夺生命和健康，却会生下哭哭啼啼的孩子来让教区抚养，然后她们撒手尘寰，把耻辱隐藏在坟墓里，她们自己也在坟墓里腐烂！”

“我想那是产房吧？”邦布尔听不太懂陌生人的描述，问道。

“是的，”陌生人说道，“一个男孩在那儿诞生。”

“太多男孩在那儿诞生了。”邦布尔先生心灰意懒地摇了摇头，说道。

“愿小魔鬼遭瘟！”陌生人喊道，“我说的是一个样子温顺、脸色苍白的男孩。他给这儿的一个棺材制造商当过学徒——但愿制造商为他制造一口小棺材，把他装进去，再用螺钉钉住——后来，据说他逃到伦敦去了。”

“噢，你指的是奥利弗！小特威斯特！”邦布尔先生说道，“我当然记得他啦。再也没有一个比他更顽固的小坏蛋——”

“我想了解的不是他。关于他的情况我听得够多了，”陌生人说道，“我要了解的是一个女人，护理奥利弗母亲的老丑妇。她现在在哪儿？”

“她去年冬天死啦。”邦布尔先生回答道。

当他提供了这一消息时，陌生人的双眼定定地盯着他。终于他移开了视线，说这无关紧要。说罢，他站起身，仿佛就要离开似的。

然而，邦布尔先生也够狡猾的，他马上看出赚钱的机会来了，可以把他老婆拥有的某个秘密高价出售。老萨利去世的那个晚上他记得很清楚。他有充分的理由回忆起那天所发生的事，因为当时他正向科尼太太求婚。邦布尔先生神秘兮兮地告诉陌生人说，就在那个凶恶的老丑妇去世之前不久，有个女人和她在房里密谈，还说他有理由相信她可以为他想打听的事提供一些线索。

“我怎么能找到她呢？”陌生人问道。

“只能通过我。”邦布尔先生回答道。

“明晚九点。”陌生人说着，掏出一张纸，在上面写了一个靠河边的偏僻地址，“明天晚上九点把她带到我那里。至于保密，我不必提了，因为这是你的利益所在。”

教区官员粗略地看了一下地址，发现上面没有名字。陌生人尚未走远，于是他追上去问。

“只想问个问题，”邦布尔指着纸条说道，“请问我该找什么人？”

“蒙克斯！”陌生人回答道，匆匆地大踏步离去。

第三十八章

本章叙述邦布尔夫妇和
蒙克斯先生夜里会面的情况

这是一个阴沉、闷热、多云的夏日之夜。这时，邦布尔夫妇走出镇上的主要街道，朝着离该镇大约一英里半的几幢七零八落、破败不堪的房子走去。

他们俩身上都裹着破旧的外套。也许这样既可以避雨，又可以不被人发现。丈夫提着一盏灯笼，然而没有点亮。他们默默地往前走。邦布尔先生不时地放慢脚步，回过头来，发现她紧随其后时，他便加快步伐，以更快的速度继续朝他们的目的地前进。

这是个什么地方不难猜测，它早已因成为卑劣歹徒的藏身之地而闻名。它们杂乱无章地排列在一块，而且大部分建在离河岸仅几英尺的地方。

在这簇木屋的中心，有一幢先前是一家制造厂的庞大建筑物坐落在河边，俯临这条河流。

“那地方大概就在这附近。”邦布尔看了手里捏着的那张纸条，说道。

“喂喂！”一个声音在上面喊道。

邦布尔先生循着这个声音抬起头来，看出一个男人从三楼一扇齐胸高的门里探出头来。

“站住，稍等片刻，”那声音喊道，“我马上就下来。”说完，那颗脑袋消失了，门也关上了。

“就是那个人吗？”邦布尔太太问道。

邦布尔先生肯定地点了点头。

“那么，记住我对你说的话，”女总管说道，“注意尽量少说话，否则，你马上就会使我们露出马脚的。”

邦布尔先生还来不及开口，这时蒙克斯出现了。蒙克斯打开了一道小门，并示意他们进去。

“她就是那个女人，是吗？”蒙克斯问道。

“我想，你以为女人永远不会保守秘密，是吗？”女总管插话道，一边说着，一边对蒙克斯投去锐利的目光。

“我知道她们会永远保守一种秘密，直到它被人发现。”蒙克斯说道。

“那是什么秘密？”女总管问道。

“失去她们自己好名声的秘密。”蒙克斯回答道，“根据同样的道理，如果一个女人和某个秘密有关，而这个秘密可能使她上绞刑或被驱逐出境，那么，我就不怕她把秘密告诉别人。我才不怕呢！你明白吗，太太？”

说罢，他带头登上梯子，匆忙关上通往一个房间的窗板，把用绳子和滑轮吊在天花板的一根大梁上的一盏提灯放低。那盏灯将暗淡的灯光投射到底下的一张旧桌子和三张椅子上。

“好啦，”他们三人都坐下来时，蒙克斯说道，“我们还是早谈正事，这对我们大家都有好处。这位女士知道是怎么回事，对吧？”

“关于你提到的那个男孩的母亲。”女总管打断他的话，回答道，“没错。”

“从她那儿拿走的东西，”蒙克斯说道，“她身上戴的东西。某种——”

“你最好先开个价，”邦布尔太太打断他的话，“我已经听够了。你的话使我确信，你正是那个需要知道内情的人。”

“它也许一钱不值，也许可以值二十英镑，”蒙克斯回答道，“大声讲，让我知道究竟要多少。”

“在你刚才说的那个数字上再加五镑，给我二十五英镑，”这个女人说道，“我就把我知道的全告诉你。在此之前一切免谈。”

“如果我付了钱，它却一文不值，怎么办？”蒙克斯犹豫地问道。

“你可以易如反掌地再把钱要回去。”女总管回答道，“我只是一个女人，孤身在此，没有人保护。”

“不是孤身，亲爱的，也不是没人保护，”邦布尔先生以吓得发抖的声音顺从地说道，“我在这儿呢，亲爱的。”

蒙克斯阴森森地说道，“哦！他是你的丈夫，是吗？”

“他，我的丈夫！”女总管哧哧地笑道，不做正面回答。

“你们进来时，我就是这么想的，”蒙克斯回答道，注意到那个太太说话时对她的配偶怒目而视，“这样更好。当我发现你们两人之间完全一致时，我与你们两个打交道就更不必犹豫了。我是认真的。听着！”

他将手伸进侧面口袋，掏出了一只帆布袋子，数出二十五个英镑硬币放到桌上，然后将它们推到那个女人面前。

“我们都管她叫老萨利的这个女人临终的时候，”女总管开始说道，“和我单独在一起。”

“好，”蒙克斯目不转睛地注视着她，说道，“说下去。”

“她提到一位年轻女子，”女总管继续说道，“这女子若干年前生了一个孩子，不仅在同一个房间里，而且就在她临终躺的那张床上。”

女总管像是有点发抖地继续道，“那位过世的母亲临终前恳求她替她的婴儿保存一件东西，可她一断气，护士就从尸体上将东西偷走了。”

“当她非常吃力地告诉我她已将它卖掉了时，”女总管说道，“她的身子往后一仰，就咽气啦。但是她用一只手死命地抓住我的睡衣。她那只手中紧握着什么东西。我见到她已经咽了气，就用力把她的手掰开，发现她紧紧地捏着一张脏兮兮的纸。”

“它包着——”蒙克斯将身子往前探出，插话道。

“什么也没有，”这个女人回答道，“是一张当铺的当票。”

“什么东西的当票？”蒙克斯问道。

“我很快就会告诉你，”这女人说道，“当时再过两天当票就过期了。我也认为有一天可能会有用处，就赎回了典当物。”

“它现在在哪儿？”蒙克斯急忙问道。

“你瞧，”这女人回答道，仿佛她很乐意摆脱它似的，迅速地将一只仅够容纳一块法国手表的小山羊皮包扔到桌上。蒙克斯猛然扑过去攫住它，以颤抖的双手撕开它，里面装有一只小金盒，金盒里有两绺头发和一枚朴素的金质结婚戒指。

“戒指的内侧刻有‘艾格尼丝’字样，”女总管说道，“有一处留着空白，以便填上姓氏，接下来是日期。这个日期离孩子的诞生不到一年。这是我后来发现的。”

“都在这儿了？”蒙克斯对小皮包里的东西作了一番仔细、急切的检查之后，说道。

“全在这里。”女总管回答道。

他突然把桌子推到一边，拉起地板上的一只铁环，揭开一道大活板门。活板门就从邦布尔先生的脚边打开，吓得这位先生急忙后退了好几步。

“往下看吧，”蒙克斯说着，把那盏提灯放入深坑里，“不用怕我。倘若我存心害你们的话，刚才你们坐在活板门上时，我完全可以悄悄地把你们丢下去。”

受他这句话的鼓舞，女总管走近了深坑边缘，甚至邦布尔先生本人受好奇心的驱使，也大胆走上前来。因暴雨而涨起的混浊的河水在下面奔腾流过；河水在绿色的、黏滑的基桩上溅泼和旋转的响声吞没了其他一切声音。

蒙克斯掏出刚才匆匆塞入怀里的那只小皮包，把它缚在一块放在地板上的铅锤上，铅锤原先是滑轮零件。而后，他将它投进河里。它笔直地往下掉，几乎听不到扑通一声就钻进水里，不见了。

“你会对这件事保持沉默的，是吗？”蒙克斯带着威胁的神色说道，“我倒不担心你的妻子。”

“你可以相信我，年轻人。”邦布尔先生回答道，他彬彬有礼地鞠了一躬，慢慢地朝梯子走去，“为了每个人的利益，年轻人，也为了我自身的利益，你是知道的，蒙克斯先生。”

“听你这么说，我为你感到高兴，”蒙克斯说道，“把你的灯点起来！尽快地离开这儿。”

他们一走，蒙克斯就呼喊一直藏在下面某个地方的男仆。他吩咐男仆提着灯笼在前面引路，自己在后头跟着，回到刚才离开的房间。

第三十九章

介绍读者已经熟悉的一些体面人物，
并叙述蒙克斯和犹太人如何一起策划

上一章提到那三个宝贝处理掉所述的那一小笔交易之后的第二天傍晚，威廉·赛克斯先生从小睡中醒来，睡眼惺忪地嘟哝着问现在是晚上几点了。

赛克斯先生打盹的房间并不是彻特西之行以前住过的那些房间之一，这是一个面积很小、装饰得很差的简陋的屋子，表面上不如他的旧住处合意。种种迹象表明这位可敬的先生近来非常落魄。

“刚刚过七点，”姑娘回答道，“你晚上觉得怎样，比尔？”

“身体非常虚弱，”赛克斯说道，又诅咒起自己的眼睛和四肢来了，“喂，帮我一把，无论如何让我离开这张破床。”

生病并未能使赛克斯先生的脾气变好一点。姑娘把他扶起来，搀他朝一张椅子走过去时，他低声地咒骂她笨手笨脚，还打了她。

“你在哭，是吗？”赛克斯说道，“得啦！别站在那儿哭泣。要是你光会哭，什么也做不来，那干脆分道扬镳算了。你听见了没有？”

在别的时候，这一告诫及其使用的语调定会收到理想的效果的。但是这姑娘实在太虚弱、太筋疲力尽了，赛克斯先生还来不及发出几声适合时宜的诅咒，她的脑袋便在椅背上一歪，昏过去了。赛克斯不太晓得在这不寻常的紧急情况下该怎么办。南希小姐的歇斯底里病的发作通常来势凶猛，病

人只有靠自己拼力挣扎着熬过去，旁人帮不了忙。

“这儿出了什么事了，亲爱的？”费金问道，眼睛朝里窥视。

“帮忙照料这个姑娘，好吗？”赛克斯不耐烦地回答道，“别站在那儿对我唠唠叨叨、龇牙咧嘴的！”

费金发出一声惊叫，赶快过来抢救这个姑娘，而跟着他的恩师走进来的约翰·道金斯（又名机灵的蒙骗者）急忙把扛着的一包东西放在地板上，从紧随其后的查尔斯·贝茨少爷手中抢过了一只瓶子，瞬息之间用牙齿拔去瓶塞，自己先尝了一口以防搞错，然后往病人的喉咙倒入一些药液。

“用吹风器给她吹一点新鲜空气，查利，”道金斯先生说道，“费金，你拍拍她的手，比尔，把她的衣服解开。”

这些全力以赴施予她的恢复健康之物[①]，特别是委托给贝茨少爷的那项差事——他似乎把自己承担的这项任务看作是件空前绝后的乐事——很快地产生了理想的效果。姑娘逐渐地恢复了知觉，跌跌撞撞地向床边的一对椅子走去，将脸埋入枕头中，赛克斯先生对他们意外的出现感到有点儿诧异。

“哎呀，什么阴风把你们吹到这儿来？”他问费金道。

“根本没有什么阴风，亲爱的，我带来了一些你乐意看的好东西。”

机灵的蒙骗者遵照费金先生的吩咐，将一个体积很大、由一条旧桌布打成的包裹解开，把里面装的东西一件一件地交给查利·贝茨。查利把它们放在桌上，对它们的珍奇和精美赞不绝口。

“东西本来倒不错，”赛克斯先生说道，当他匆匆地往桌上扫了一眼时，气有点消下去了，“可是，你还有什么可为自己辩解的？为什么把我撂在这儿，垂头丧气、身体虚弱、身无分文，以及其他种种不如意的事儿。把我撂在这儿长时间不理会我，好像我是这儿的那条狗似的——查利，把它赶下来！”

“别发脾气，亲爱的，”费金唯唯诺诺地规劝道，“我从未曾把你忘掉，比尔，一次也没有。”

“没有！我敢肯定你没有，”赛克斯苦笑着回答道，“当我躺在这儿浑

---

① 指恢复健康或体力之物（如补剂、新鲜空气等）。

身发抖、发着高烧的每个小时里，你一直不停地搞阴谋诡计，想让比尔干这，让比尔干那；廉价透顶，替你干活穷得叮当响。要不是这个姑娘，我早就死啦。”

南希的出现使他们改变了话题。赛克斯喝了很多酒之后放下架子开的一两个粗俗的玩笑，渐渐地使赛克斯先生的脾气好了起来。

“一切都很好，”赛克斯先生说道，“不过，今晚你得给我弄点现金。”

“好吧，好吧，”费金叹了一口气说道，“我马上派机灵鬼去取。”

“你可别这么干，”赛克斯先生回答道，“这个机灵鬼过于机灵了。南希到窝里去取最稳妥。她去的时候我想躺下来打个盹。”

经过一番激烈的讨价还价，费金将赛克斯要求预支的金额从五英镑杀到三英镑四先令六便士，并再三庄严地声称，这样将使他只剩下十八便士来料理家事。然后，费金向他挚爱的朋友告辞，在南希和孩子们的陪伴下往回走。

他们终于来到了费金的住处。在这里，他们发现托比·克雷基特和奇特林先生正在专心地玩第十五盘克里比奇牌戏[①]。

“克雷基特先生是一位了不起的人物，是不是，费金？”汤姆问道。

“那是毫无疑问的，亲爱的。”

“啊！”汤姆扬扬得意地喊道，“问题就在这儿！他把我的钱全赢走了，可是，只要我愿意，我还可以再去挣回来，是不是，费金？”

“你肯定可以，而且你越快去挣越好，汤姆，所以，马上把你的损失补回来，别再耽误时间了。蒙骗者！查利！该是你们出去[②]的时候了。得啦，都快十点了，还什么事也没干。”

“现在，”他们都离开了房间时，费金说道，“我去给你拿现金，南希。我只是用小橱将孩子们弄来的零零碎碎的东西锁起来，亲爱的。我从未曾把钱锁起来，因为我没有钱可锁，嘘！”他说道，急忙将钥匙藏进怀里，“那是谁？听！”

南希双臂交叉放于胸前，一直坐在桌旁，对来访者似乎一点也不感兴趣，直到来访者轻轻的说话声传到她耳里。她一听到这个声音，便以闪电般的速度，扯掉无边女帽和围巾，把它们猛塞到桌子下面。当时背向着她的费金没有注意到。

---

① 一种两人、三人或四人玩的纸牌戏，用插在有孔的记分板上的小钉记分。

② 干活原文使用俚语“lay”，指偷盗、拦劫之类的“活儿”。

来访者是蒙克斯。

“她只是我的一位年轻朋友，”费金注意到蒙克斯一见到陌生人就往后退缩，“别走，南希。”

“有消息吗？”费金问道。

“重要消息。”

“别到我们上回去的那个地狱般的脏地方。”南希可以听见他们上楼时那个男人说的话。

在他们的脚步声在房里停止回响之前，姑娘已匆匆地脱下鞋子，将裙子拉翻过来，松散地盖在自己头上，把自己两只胳膊包裹在裙子里，站在门口，全神贯注地听着。

楼下的房间有一刻多钟空无一人，姑娘依然神不知鬼不觉地溜了回来。不久，她可以听见那两个男人下楼的声音。蒙克斯马上离开走到街道上，犹太人则再次上楼取钱。他回来时，南希正在整理围巾和女帽，仿佛准备要走的样子。

“哎呀，南希，”犹太人惊叫道，放下蜡烛时，他吓得直往后退，“你的脸色多苍白啊！”

犹太人如数点出那些钱放到她手里，每点一枚钱币就叹息一声。他们没有再交谈，只是彼此道一声“晚安”，就分手了。

当她出现在赛克斯先生面前时，倘若暴露出什么焦虑不安的话，他根本也觉察不出，因为他只是问她是否把钱带来了，得到了肯定的答复后，他发出了满意的咕哝声，重又将脑袋放回枕上，又继续被她打断了的睡眠。

她倒是很幸运，赛克斯有了钱后第二天就忙着大吃大喝。此外，他变得心平气和起来了。南希显得心不在焉、紧张不安，是想采取某个大胆的和危险的行动之前的一种心态。但需要经过激烈的思想斗争她才下得了决心。

到了黄昏时分，姑娘的心情愈加激动了。夜幕降临时，她坐在旁边，等候破门盗贼喝醉了后自己去睡。她的脸特别苍白，双眼迸发出激情的火花，以至连赛克斯也吃惊地注意到了。

“哎哟，真该死！”赛克斯说着，用双手撑起身子，盯着南希的脸看，“你看上去像一具复活的僵尸。出了什么事啦？”

“什么事！”姑娘回答道，“什么事也没有。你为什么这么盯着我？”

“没有一个，”赛克斯眼睛盯着她，喃喃自语道，“在现在的女孩子中，没有一个比她更坚强可靠的了，否则，我三个月前就会割断她的喉管。她准是热病发作，就这么回事。”

赛克斯以这一断言来使自己振作起来，将那杯酒一饮而尽，然后嘴上不断地咕哝着诅咒，嚷着要吃药。姑娘极其敏捷地跳了起来，迅速地把药倒出来，但她背向着他，然后将杯子递到他的嘴边，让他把药喝下去。

赛克斯紧紧地抓住她的一只手，一头倒在枕上，眼睛转过来，盯着她的脸。他眼睛闭起来，又睁开，再闭起来，又再睁开。突然，当他像要起立时，竟突然沉沉地入睡了，抓住她的那只手也松开了，抬高的胳膊软弱无力地垂到他的侧边。他躺在那儿，陷入昏睡之中。

“鸦片酊终于生效了，”姑娘从床边站起来，小声地说道，“不过现在可能太迟了。”

她急忙戴上女帽，披上围巾，惊恐万状地不时往四下里看看，仿佛尽管有那一剂安眠药水，她仍无时无刻地感到赛克斯的那只笨重的手搁在她肩上的压

力似的。而后，她一声不响地打开房门，又随手关上，匆匆地离开那幢房子。

“至少要一小时以上我才到得了那儿。”南希咕哝道。

这是海德公园附近一条僻静而美观的街道上的一家家庭旅馆[①]。大钟敲了十一时，她在外面闲逛了几步，仿佛还犹豫不决是否要进去似的。然而，那钟声促使她下了决心。她走进了旅馆大厅。服务员的座位空着。她疑惑地往四下看了看，然后朝楼梯走去。

“喂，姑娘！”一位穿戴入时的女子从她背后的一道门探出头来喊道，“你到这儿找谁呀？”

“梅利小姐。”南希说道。

这位年轻女子此刻已注意到了她的外表，只是以无恶意的、轻视的一瞥代替回答，然后叫一个男仆来答复她。南希把自己的来意向男仆重复了一遍。

“我通报的时候该叫你什么名字？”侍者问道。

“什么名字也不用说。”南希回答道。

“也不用说有什么事？”这位男仆说道。

“是的，这也不用提，”姑娘回答道，“我必须见这位小姐。”

“得啦！”这个男仆说着，把她往门外推，“别来这一套。滚开！”

一位软心肠的厨子出面调解，最终由最早露面的那个男仆负责递送口信。

“口信是什么内容？”这个男仆问道，一只脚已踩在楼梯上。

“你就说有个年轻女子迫切地要求与梅利小姐单独面谈，”南希说道，“并且说，如果小姐愿意听她要说的第一句话，她就知道是听她把话说完呢，抑或把她当作骗子撵出门去。”

这个男仆跑着上楼去了，南希留下来。她脸色惨白，倾听着那些贞洁的女仆频频嘲笑她的言辞，气得嘴唇都发抖。当那个男仆回来，叫南希上楼时，她们的风言风语愈加肆无忌惮了。

对这一切南希并没有放在心上，因为她心里有更重要的事。她四肢发抖地跟着那个男仆来到了一间小接待室。接待室天花板上悬挂着一盏灯用来照明。男仆把她留在这儿，自己退了出去。

---

① 以优惠价接待携带家属者的旅馆。

第四十章

继续讲述上一章的一次奇怪的会面

南希姑娘的生命一直无谓地浪费在街头以及伦敦最臭气冲天的贫民区和贼窝之间。想到再过一会儿这个小房间和现在将有天壤之别，那种自惭形秽之感压得她喘不过气来。她畏缩了，仿佛不敢面对这位自己请求会见的小姐。

她抬起双眼，足以看清出现在面前的是一位苗条的、漂亮的女孩子。然后，她将目光转移到地板上，假装若无其事地将头一甩，说道：

“要见你一面可真不容易啊，小姐。如果我赌气走掉，就像许多人会赌气走掉一样，那么，有一天你会后悔的，而且有理由后悔的。”

“如果有人对你粗暴无礼，我很抱歉，”罗斯回答道，“别放在心上。告诉我你为什么想见我。我就是你要见的人。”

她回答时的友好语气、悦耳的声音、文雅的举止、不带半点傲慢或不快的腔调，使南希大为诧异，她突然放声大哭起来。

“因为，”姑娘说道，“我打算把自己的生命以及别人的生命都托付给你。小奥利弗走出彭顿维尔那幢房子的那天晚上就是我将他拉回老犹太人的贼窝的。”

“是你！”罗斯·梅利惊叫道，“这些事太可怕了！”

“愿上帝保佑你这样的善心人！”姑娘回答道，“我是悄悄溜出来，前来告诉你我所听到的秘密的。那些人如果知道我在这儿，肯定会把我杀掉，你认识一个叫蒙克斯的男人吗？”

“不认识。”罗斯说道。

“他认识你，”姑娘回答道，“而且还知道你在这儿，我是听到他说出这个地方才找到你的。”

“蒙克斯，”姑娘继续说道，“在我们第一次丢失奥利弗的那一天，我偶然发现蒙克斯跟我们的两个男孩在一起，并且马上知道奥利弗就是他一直在寻找的那个孩子，尽管我不晓得他为什么要找他。蒙克斯与费金达成了一笔交易，就是如果能把奥利弗找回来，费金可以得到一笔赏钱；如果能使奥利弗变成一个贼——这是蒙克斯出于个人的目的所希望的——费金将可以得到更多的赏钱。”

“出于什么目的？”罗斯问道。

“当我正在偷听，希望查明真相的时候，他看见了我投在墙上的影子，”姑娘说道，“可是我逃脱了。直到昨天晚上我才又见到他。”

“后来发生了什么事？”

“我会告诉你，小姐。昨天晚上蒙克斯又来了。他们再次上楼密谈。我用裙子把自己蒙起来，生怕影子暴露了我，我又在门外偷听。我听见蒙克斯开头说的几句话是：‘所以，可以证明那个男孩身份的仅有的证据已经沉入河底，而从他母亲那儿拿到这些证据的那个老丑妇正在棺材里腐烂。’他们哈哈大笑，认为他这件事干得很漂亮。蒙克斯再谈及奥利弗时，变得狂怒不已，说他虽然现在已经安然地得到了小魔鬼[①]的钱，但他倒希望用别的方式得到它，因为通过迫使奥利弗蹲遍伦敦的每一座监狱，等费金从他身上赚了一大笔钱之后，再易如反掌地设法让他犯上死罪，然后打发他上绞刑架，从而挫败他父亲在遗嘱中夸下的海口，这一招才高呢！‘总而言之，费金，’他说道，‘尽管你是一个犹太人，但你从未曾设下像我对付我弟弟奥利弗这样的圈套。”

“他弟弟！”罗斯惊叫道。

“那是他亲口说的。”南希说着，局促不安地往四下里扫了一眼，“时候不早了，我得在到家的时候不被怀疑曾经为这件事出来过。我必须赶快回去。”

---

① 指奥利弗。

“可是我能做些什么呢？”罗斯说道，“你走了之后，这个消息对我又有什么用处呢？回来！你为什么想回到你描述得如此可怕的同伴中去？我可以马上从隔壁房间请来一位先生，如果你把这条消息向他重复一遍，那么，不用半小时，你就可以被送到一个安全的地方了。”

“我想回去，”姑娘说道，“因为在我已经给你讲述过的这些男人中，我不能离开其中一个最胆大妄为的强盗。”

“你过去曾经为了这个可爱的孩子而出面干预，”罗斯说道，“你冒着这么大的危险到这儿来，把你所听到的话告诉我。一定要听我的话，让我挽救你，你还可以干更合适的事。”

“太迟了。”姑娘大声地说道，内心极其痛苦地扭动身子，“我现在不能离开他！我可不能使他丧命！”

“怎么会呢？”罗斯问道。

“什么都挽救不了他，”姑娘大声说道，“如果我把告诉了你的事再告诉其他人，会导致他们被捕，那么他就死定了。他是最胆大妄为的，而且十分残酷！”

“那么，你提供的这一消息有什么用呢？”罗斯说道，“这一秘密必须调查清楚，否则，对我透露这个秘密怎能对你急于想帮助的奥利弗有好处呢？”

“你身边想必有一位仁慈的先生，他听了这条消息后既愿意为你保密，又能给你出出主意。”姑娘回答道。

“可是，必要的时候我还能在哪儿找到你呢？”罗斯问道。

“你能向我保证你会严守秘密，单独前来或仅仅和知道这个秘密的另一个人一起来，并保证我不会被监视或跟踪吗？”姑娘问道。

“我郑重地向你保证。”罗斯回答道。

“每星期天晚上从十一时至大钟敲十二时为止，”姑娘毫不犹豫地说道，“只要我活着，我都会在伦敦桥[①]上散步。”

说罢，这位不幸的人呜咽着转身离开了。这次不寻常的会面，与其说是真实发生的，不如说更像是一场稍纵即逝的春梦，使罗斯·梅利无法忍受。她倒进一张椅子里，力图清理一下自己纷乱的思绪。

---

①1209年所建，横跨泰晤士河。

第四十一章

本章包含着一些新发现，并表明意想不到的事像祸不单行一样，总是接踵而至

诚然，罗斯处于异常麻烦的困难的处境。虽然，她怀着最迫不及待和焦灼的心情想揭开神秘莫测的奥利弗身世之谜，然而，她又不得不把刚才与她谈话的这个可怜的姑娘对她这样一个年轻、单纯的女孩子的信赖视为神圣。

罗斯度过了一个焦虑的不眠之夜，各种念头相继在她脑海里出现。第二天，经反复思考后，她决定孤注一掷，找哈里来商量。

她提起同一支笔，又多次地搁下来，反复考虑信的第一行该写什么。这时，由贾尔斯充当保镖上街去散步的奥利弗气喘吁吁地跑进屋来，神情异常激动，像是又有什么令人恐慌的事要发生似的。

“什么事使你显得这么慌张？”罗斯迎上前去，问道。

“我看见那位先生了，”奥利弗回答道，几乎连话也说不清楚，“那位待我特好的先生——我们经常谈起的布朗洛先生。”

“在哪儿？”罗斯问道。

“他下了公共马车，”奥利弗流着喜悦的泪水回答道，“走进一幢房子。我没有跟他打招呼——我不能跟他打招呼，因为他没有看见我，而且我浑身抖得这么厉害，以至无法走到他跟前。可是，贾尔斯替我查问他住在那儿，你瞧，”奥利弗说着，打开了手中的一张纸条，“在这儿，这就是他住的地

方——我马上就要到那儿去！哦，天啊，天啊！当我终于可以见到他，再次听到他说话的时候，我该怎么办呀？”

这一切大大地分散了罗斯的注意力，她又不连贯地发出了好多声快乐的惊叹之后，这才看纸上写的地址。它就在斯特兰德区的克雷文街。她立即决定抓住这一新发现。

“快！”她说道，“叫他们雇一辆出租马车，你准备好跟我一道去。我马上带你去那儿，一分钟也不耽误。我只想告诉伯母我们要外出一小时，你要尽快地准备好。”

奥利弗不需要任何催促，不到五分钟，他们已经在前往克雷文街的路上了。他们抵达那儿时，罗斯借口让老先生有接纳他的思想准备，把他留在马车上。然后她让仆人把自己的名片递上去，说有急事求见布朗洛先生。仆人很快就回来请她上楼。

楼上房间里坐着两个老先生。一位先生有礼貌地跟罗斯打招呼，而另一位先生看起来不那么友好。

“您就是布朗洛先生吧？”罗斯的目光从另一位先生移到这位说话的先生身上，问道。

“没错，”老先生说道，“这一位是我的朋友格里姆威格先生。格里姆威格，你离开我们几分钟好吗？”

“我想，”梅利小姐插话道，“在我们会面的这一阶段，不麻烦这位先生回避。如果我没有搞错的话，我要对你说的这件事他也知道。”

布朗洛先生点了点头。

“你知道有一个叫奥利弗·特威斯特的孩子。”罗斯回答道。

她这句话一脱口，一直假装在浏览桌上一本大部头的书的格里姆威格先生就啪的一声把书翻了个身，将身子往椅背一靠，脸上的各种表情顿时消失，只留下一脸的惊讶，茫然地瞪着双眼愣在那儿。

布朗洛先生也吃惊不小，尽管他表达惊讶的方式并不那么古怪。他将自己的椅子往梅利小姐身边挪近了点，说道：

“亲爱的小姐，请答应我，别再提你所说的善心和仁慈的问题了。倘若你能提供任何证据，改变曾经导致我对这个可怜的孩子持有的不好的看法，那么，看在老天爷的分儿上，请告诉我吧。”

罗斯已有时间集中思想，立即三言两语叙述了奥利弗离开了布朗洛先生家之后所发生的一切，保留了有关南希报信的那条消息，等待单独告诉布朗洛先生，并很自信地推断，奥利弗过去几个月来的唯一遗憾，就是未能与从前的恩人和朋友见面。

“谢天谢地！”老先生说道，“真是喜从天降！喜从天降！可是你还没有告诉我他现在在哪儿，梅利小姐。你必须原谅我找你的岔子——可是你为什么不把他带来呢？”

“他正在门口一辆马车上等着呢。”罗斯说道。

“就在我家门口！”老先生大叫了起来。他二话没说就大步走出房间，下了楼，登上马车踏脚板，走进马车里。

布朗洛先生由奥利弗陪着回来了。格里姆威格先生非常亲切地欢迎他。

“顺便提一句，还有一个人我们不应该忘记她，”布朗洛先生说着，摇了摇铃，“请叫贝德温太太上这儿来。”

这位老管家应老先生之召赶快上来，在门口行完了屈膝礼，等候吩咐。

“噢，贝德温，你的视力一天不如一天了。”布朗洛先生有点急躁地说道。

“是呀，我的视力是这样的呀，先生，”老太太回答道，“像我这把年纪的人的视力不可能越老越好呀，先生。”

“我本来可以告诉你的，”布朗洛先生回答道，“不过，你戴上眼镜，看看你能不能弄清楚为什么叫你来，好吗？”

老太太开始在口袋里翻找眼镜。可是奥利弗再也沉不住气了。他一跃扑到了她怀里。

“大慈大悲的上帝啊！”老太太一把抱住他，大声说道，“原来是我那个无辜的孩子！”

“我亲爱的老保姆！”奥利弗喊道。

“他会回来的——我知道他会回来的。”老太太将他搂在怀里，说道，“他看上去身体多棒，他的穿戴又多么像一个绅士的孩子！这么长时间你一直在哪里？啊！还是那张可爱的脸蛋，可是不那么苍白了；还是那副温和的眼神，可是不那么哀愁了。”这位好人就这样滔滔不绝地讲个不停，时而让奥利弗离她一臂之遥，看看他长多高了，时而把他紧紧地搂在怀里，满怀深情地用手指掠过他的头发，伏在他脖子上笑一阵、哭一阵。

布朗洛先生让她和奥利弗从容不迫地叙叙旧，自己带路，把罗斯领进另一个房间。在这儿，他倾听罗斯详尽地叙述了她与南希的会面。这引起了他的极大惊奇和困惑。罗斯还讲明了她一开始不愿把事情告诉她朋友洛斯伯恩先生的原因。布朗洛先生觉得她的做法十分明智，并决定由他负责去和那位大夫谈谈。为了让他尽早有机会实施这一计划，据安排，他那天晚上八点必须到旅馆作短暂的拜访，同时，必须把所发生的一切谨慎地告诉梅利太太。这些准备工作安排停当之后，罗斯和奥利弗才回家。

罗斯一点也没有过高地估计这位医术高明的医生的愤怒程度。如果洛斯伯恩先生不是部分地受到布朗洛先生（他本人也是个性情暴躁的人）相应猛烈的制止、部分地受到大家的争辩和批评的制止，他一定会把自己的意图付诸实施、一刻也不顾及后果的。

“那么，究竟该怎么办呢？”当他们重新回到两位女士那儿时，急躁的医生问道。

“只有查明奥利弗的身世，同时，如果情况属实的话，夺回他应得的遗产。”

“啊！”洛斯伯恩先生说道，一边用手帕扇风，为自己降温，“我刚才差点儿把这忘了。”

“显然，要弄清这个秘密的真相，我们将会遇到很大的困难，除非我们能够制服这个名叫蒙克斯的人。要制服他只能靠智谋，在他不在这些人当中的时候将他逮住。因为，假使他被警察逮捕了，我们也没有足以对付他的证据。而且，从此以后，他肯定会固执地守口如瓶，以至对我们来说，他还不如一个聋子、哑巴、瞎子和白痴来得有用。”

“那么，”医生冲动地说道，“我再提出一点请你考虑：你认为信守对这个姑娘的承诺是否明智？”

“请不要讨论这一点，亲爱的小姐，”罗斯正要发言，布朗洛先生打断她的话，说道，“诺言必须遵守。我认为，它丝毫也不会妨碍我们的行动。可是，在我们能采取明确的行动方案之前，同那个姑娘见一次面是必要的，可从她那里获得有关蒙克斯常去的地点及有关他本人的相貌的描述，使我们能够认出他。我们要等到星期天晚上才能再见到南希。今天是星期二。依我看，在这段时间里，我们一点风声也不能走漏，对这些问题严守秘密，甚至不让奥利弗知道。”

“我想，”布朗洛先生说道，“我想请求我的朋友格里姆威格的帮助。他人很怪，却很精明，他学的是法律，对我们很有实际帮助。”

“如果我可以寻求我的朋友的帮助，我不反对你寻求你的朋友的帮助。”医生说道。

“我们必须提请大家表决，”布朗洛先生回答道，“你的朋友是谁呢？”

“这位太太的儿子，也是这位小姐的——多年的朋友。”医生说着，向梅利太太点头示意，最后，又意味深长地向她的养女瞥了一眼。

罗斯羞得满脸绯红，但她对这一提议没有提出任何反对意见。于是哈里·梅利和格里姆威格先生都加入到这个委员会中来了。

“好！”布朗洛先生回答道，“由于我从你们大家脸上的表情看出，你们都很想问我，我为什么突然离开英国，而无法进一步证实奥利弗的故事的真伪。让我提出一个条件：在我认为讲述自己的故事是妥当的之前，你们不要问我问题。好啦！晚餐已经准备就绪了，独自一人待在隔壁房间的小奥利弗这时候可能开始以为我们已厌倦他的陪伴，正在搞什么恶毒的阴谋，准备把他赶出门去呢。”

说罢，这位老先生向梅利太太递过一只手，陪同她走进晚餐室。洛斯伯恩先生领着罗斯紧随其后。商讨会实际上暂时中止了。

第四十二章

奥利弗的一位显示出明显的天才特征的老相识成了伦敦的知名人士

就在南希哄赛克斯先生入睡之后，肩负着自愿承担的使命，匆匆地赶去与罗斯·梅利会面的那个晚上，有两个人经由大北路向伦敦进发。本故事应该对他们给予一定的关注。

他们是一男一女。男人属于四肢细长、双膝外翻、脚步蹒跚、骨瘦如柴的那类人，其年龄很难确定；女人很年轻，但体格强壮，她也需要这样的体格来承受背在背上大包裹的重负。他们穿过了海格特拱门时，走在前面的旅行者不耐烦地对他的同伴喊道：

“快，你不能快点吗？你真是个懒骨头，夏洛特。”

“这包袱太沉啦，真的。”那个女子赶上来，几乎累得上气不接下气地说道。

当诺亚的红鼻子因生气而变得更红的时候，那个女子二话没说，拖着沉重的脚步在他身边继续朝前走。

“诺亚，你打算在哪儿停下来过夜？”他们又走了几百码之后，她问道。

“如果我们在伦敦城外的第一家客栈落脚，结果让跟在我们身后的索尔贝里追上来，用手铐把我们铐起来，装上马车，把我们抓回去，那就完蛋了，是吧？”克莱波尔先生以嘲弄的口吻说道，“不！我将继续往前走，在最狭窄的街道里消失得无影无踪，在我们走到我所见到的最偏僻的客栈之前不能停下来。”

他终于在一家外观比他见过的任何一家都更为简陋、更加肮脏的客栈前面停下来。他穿过马路，从对面的人行道对它审视了一番之后，才愉快地宣布他打算在这儿投宿。

“这是三瘸子客栈吗？”诺亚问道。

“它正是本客栈的店名。”犹太人回答道。

“在我们从乡下进城的路上，我们遇到的一位先生推荐我们上这儿住宿。”诺亚以肘部轻推着夏洛特说道，“我们晚上要在这儿过夜。”

巴尼遵照他的要求，把他们带进一间密室，将所点的食物放在他们面前。而后，他告诉这两位旅客晚上可以在这里住宿，说完便离去，让这可爱的一对吃点心、喝饮料。

这时，在夜间出来活动的费金走进了吧台，查问他的小徒弟的一些情况。

“嘘！”巴尼说道，“隔壁有客人。”

“客人？”老犹太小声重复道。

“是啊！而且是些古怪的家伙，”巴尼补充道，“从乡下来的，却有点像是搞你这一行的，要不然是我弄错了。”

费金听到这条消息似乎很感兴趣。他站到一张凳子上，将眼睛凑近玻璃，耳朵向着隔板聚精会神地倾听，脸上露出微妙的、急切的神色，很像一个老妖魔。

“因此，我打算成为一名绅士，”克莱波尔先生伸开双腿，继续说道，费金来得太晚了，说话的开头没有听到，“再也见不到那些破棺材了，夏洛特，我将过上绅士的生活。假如你愿意的话，你可以成为一名贵妇。”

“我太愿意了，亲爱的，”夏洛特回答道，“可是，不能天天把钱柜倒空，也不能在倒空之后天天将追上来的人甩掉呀！”

“好，行啦，你别太多情了，免得我对你生气。”诺亚一本正经地说道，“我想当一伙贼帮的头子，要是我们能够跟一个这样的人拉上关系，我看就是付出你拥有的那二十英镑，也是划算的——尤其是我们自己不太晓得如何处理掉这笔钱。”

克莱波尔先生发表了这一看法之后，正想再呷一口，这时门突然开了，一位陌生人的出现打断了他的思路。

这位陌生人就是费金先生。他看上去非常和蔼可亲，边往前走边深深地鞠了一躬，在最挨近他们的桌子旁边坐下来，向龇牙咧嘴的巴尼要了一些饮料。

“一个晴朗的夜晚，”费金搓着手说道，“我想，你们从乡下来的吧，先生？”

“你是一个精明的人。”诺亚说道，“哈！哈！你听听他怎么说的吧，夏洛特！”

“天啊！”费金说道，“一个人如果经常喝这样的酒的话，他需要经常倒空钱柜或口袋或女人的手提网兜或住宅或邮车或银行。”

克莱波尔先生一听到自己的谈话被引用，就往椅背上一靠，眼睛看看犹太人，又看看夏洛特，脸色惨白，惊慌失措。

“钱不是我偷的，”诺亚结结巴巴地说道，“这都是她干的。这下子你要

受到惩罚了，夏洛特，你知道你要受到惩罚了。”

“不管谁会受到惩罚或谁干的，亲爱的！”费金回答道，仍然以鹰一般锐利的目光扫视了那个女孩和两个包袱一眼，“我自己也是干这一行的。我希望你们也来入伙。”

“干哪一行？”克莱波尔先生有点回过神来，问道。

“干这行买卖。”费金回答道，“客栈里的人也是干这一行的。你找对人了，而且安全得不能再安全了。整个伦敦再也没有一个比三瘸子客栈更安全的地方了。”

“我还可以告诉你，”费金向夏洛特友好地频频点头和悄声鼓励几句，使这个女孩子消除了疑虑之后，继续对诺亚说道，“我有一位朋友，我想他能够满足你的迫切愿望，把你送上正道。”

诺亚让夏洛特把两个包袱搬楼上去，他替她推着门，看着她走出门去。

“他干的那个行当是赚钱的买卖吗？这是问题的关键！”诺亚眨着他的一只小眼睛回答道。

“顶尖的行当，雇用了一大帮人手，在同行中有着最好的朋友。”

“我什么时候可以跟他见面？”诺亚疑惑地问道。

“明天上午。就在这儿。”

“那么，你的看法呢？”诺亚焦急地看着他问道，“偷偷摸摸的行当中的某种活儿，既非常稳妥，又不怎么会比待在家里危险。”

“有啊！”费金将一只手搁在诺亚膝上说道，“洗钱[1]。”

“那是什么玩意儿？”克莱波尔先生问道。

“洗钱嘛，亲爱的，”费金说道，“就是在母亲们以六便士、一先令等零钱叫她们的孩子出来购物时把他们的钱夺走——因为孩子们常常把钱捏在手里——然后将他们推到路边的下水道里，再慢慢地走开。”

“哈！哈！”克莱波尔先生大笑不已，欣喜若狂地踢起双腿，“天啊，正是这种活儿！”

“好啦，就这么着吧！”诺亚从兴奋中恢复过来时说道，这时，夏洛特也回来了，“我们明天什么时候见面？”

“十点行吗？”当克莱波尔先生点头同意之后，费金又补充问道，“我该

---

① 抢夺（或偷窃）外出购物的小孩的钱。

告诉我的好朋友你叫什么名字？”

“博尔特先生，”诺亚回答道，他早已做好了应急的准备，“莫里斯·博尔特先生。这位是博尔特太太。”

费金先生又再三地道别并表达了良好的祝愿，这才动身离去。诺亚·克莱波尔要他太太听着，开始把他已经作出的有关安排告诉她，摆出了一副不仅是男子汉大丈夫而且也是一名绅士的那种傲气十足和狂妄自大的神态。这名绅士充分地意识到在伦敦及其周围洗钱的特殊任命是多么威严。

第四十三章

本章描述机灵的蒙骗者如何陷入困境

“原来你那位朋友就是你自己，对吧？”克莱波尔先生，又名博尔特先生问道，这时，根据他们两人之间达成的协议，他第二天已搬进费金的住处了，“天啊，我昨天晚上已经料到了！”

“每个人都是他自己的朋友，亲爱的，”费金回答道，脸上露出了极为谄媚的笑容，“无论在什么地方，他都无法找到一位像他自己那样的好朋友。”

“有时候例外，”莫里斯·博尔特摆出一副老于世故的神态，回答道，“有些人的敌人不是别人，恰恰是他们自己，你也知道。”

“不对，我不是这个意思！”费金反驳道，“我对于你的重要性，犹如你对于你自己那么重要。”

“我说呀，”博尔特先生插话道，“你这个人很好，我很喜欢你，不过，咱们两人的关系还没有达到这么亲密的程度。”

“你想想看，”费金耸了耸肩，伸出双手说道，“你考虑考虑，你已经干了一件多么漂亮的事，我也因此才喜欢你。然而，这样一来也就在你的脖子上打了领带。这可是很容易拴紧却很难解开的哟——用易懂的英语说就是‘绞索’！”

“这是理所当然的，”博尔特先生回答道，“你讲这些东西做什么？”

“只是想把我的意思跟你讲清楚，”犹太人扬了扬眉毛，说道，“你必须依靠我。为了使我的小买卖能够顺利地做下去，我得依靠你。我们也必须这么做，如果我们不想一块儿完蛋的话。”

“确实如此，”博尔特先生若有所思地回答道，“噢，你真是一个狡猾的怪老头！”

“正是我们彼此之间的这种相互信任，使我在遭受重大损失时感到宽慰，”费金说道，“昨天早晨我失去了一员最得力的干将。”

“你的意思该不是说他死了吧？”博尔特先生大声问道。

“不，”费金回答道，“他被指控试图扒别人的口袋。他们在他身上搜出一只银质鼻烟盒——那是他自己的鼻烟盒，亲爱的，因为他把鼻烟盒带在身上，对它爱不释手。亲爱的，要是你认识我们的蒙骗者就好了。”

这时，贝茨少爷的进来打断了他们的谈话。贝茨少爷双手插在裤袋里，脸上露出显得有点滑稽的愁眉苦脸的神色。

“一切都完蛋了，费金。”查利经介绍和新伙伴认识之后，说道。

“此话怎讲？”

“他们已经找到了鼻烟盒的主人，又有两三个人前来指认他。机灵的蒙骗者这下子可是已经购买了流放的船票了。”贝茨少爷回答道，“你想想看，杰克·道金斯——顶呱呱的杰克——机灵的蒙骗者——竟然因为一个两便士半的鼻烟盒而被流放！”

“我们必须采用某种方便的办法了解他今天过得怎么样。”费金说道，“让我想想。”

“要不要我去走一趟？”查利问道。

“绝对不必，”费金回答道，“你疯啦，亲爱的，彻底地疯啦，竟然要去那个地方——不，查利，不！一次损失一个已经足够了。”

“那么，你为什么不派这位新伙计去？”贝茨少爷将一只手搁在诺亚的胳膊上，问道，“谁也不认识他。”

“哦，我对此有不同的看法，你也知道，”诺亚说罢，朝门口退去，颇为恐慌地连连摇头，“不，不——不要那样。这不是我的专长，这不是。”

费金向博尔特先生解释说，由于对他卷入的那件小事的通报，以及对他本人的外貌的描述都尚未寄到伦敦，如果他适当地加以化装的话，他到这个地方会如同他到伦敦的任何地方一样安全。

博尔特先生部分地被这番话说服了，但在更大的程度上是害怕费金，终于非常勉强地答应去探监。根据费金的指点，他立即将自己的衣服换成马车车夫穿的长外衣、棉绒裤和皮绑腿。

这些准备工作完成之后，他们把辨认机灵的蒙骗者的必要手势和暗号告诉了他。贝茨少爷还领着他穿越许多昏暗、蜿蜒的小巷，走到距博街很近的地方。而后，查利·贝茨叫他赶紧独自走下去，并答应在他们分手的地方等着他回来。

诺亚·克莱波尔或莫里斯·博尔特（读者可悉听尊便）郑重其事地遵照获得的这些指点行事。

诺亚急不可耐地环顾四周，寻找蒙骗者。他怀着忐忑不安的心情等待着，直到被送去受审的女人扬扬得意地走出去。接着，进来的另一个犯人的外貌使他立即松了一口气，他觉得这个犯人正是他要打听的目标。

这个人确实是道金斯先生。他依然像平常那样卷起大衣袖子，左手插在口袋里，右手拿着帽子，拖着脚走进法庭。在被告席就座之后，他以听得见的声音问为什么将他置于这么不光彩的位置上。

“你给我闭嘴！”监狱看守说道。

“我是一个英国人，是吧？”蒙骗者回答道，“我的特权哪儿去了？”

“你很快就会得到你的特权的，”看守回嘴道，“而且还外加胡椒呢。”

这时，蒙骗者摆出了一副以后打算提出诉讼的样子，要求看守“把坐在法官席上那两个狡猾的家伙的名字”通报上来，把听众逗得哈哈大笑起来。

“喂，请肃静！”看守喊道。

“这是怎么回事？”其中一位地方保安官问道。

“一起扒窃案，阁下。”

“这男孩以前来过这儿没有？”

“他应该来过好多回了。”看守回答道，“在其他的每个地方他也几乎都去过。我对他了如指掌，阁下。”

“哦，你认识我，是吗？”机灵鬼喊道，一边把这句话记了下来，“很好，无论如何，这是一起毁誉案。”

此刻，法庭又爆发出另一阵哄堂大笑，然后又是要求肃静的喊叫声。

“喂，证人在哪儿？”书记员问道。

“啊！这就对啦，”蒙骗者又说道，“他们在哪儿呢？我倒想见见他们。”

这个愿望立即得到了满足，因为一名警察走上前来。这位证人见到被告在人群中企图扒窃一位陌生绅士的口袋，并确定从他的口袋里掏出一条手帕。由于这个原因，他一挨近他，就将蒙骗者拘留。搜查蒙骗者之后，发现他身上有一只银质鼻烟盒，盒盖上刻着主人的名字，此刻他在场，曾发誓说这只鼻烟盒是他的，说他前天一从上述人群中出来时就丢失了。他还说人群中有一位小绅士特别卖力地替他开路，而这位小绅士正是他面前的被告。

“你有什么问题要问这位证人吗，孩子？”

“我不愿意降低自己的身份去跟他说话。”蒙骗者回答道。

“够啦！完全可以将他投入监狱！”书记员插话道，“把他带走！”

诺亚看见他被单独地关在一间小牢房里之后，赶紧以最快的速度回到了与贝茨少爷分手的地点。贝茨少爷先从一个秘密的隐蔽处小心翼翼地四处张望，弄清他的新朋友没有受到任何不相干的人的跟踪，才审慎地露面。

他们两人一起赶回家，向费金先生传递这一令人兴奋的消息：蒙骗者充分地展示了他的真正价值，并为自己确立了光荣的名声。

第四十四章

南希对罗斯·梅利践约的时间到了，但她未能前往

南希姑娘尽管精通奸诈和伪装的一切技巧，但是她未能完全掩饰她所采取的行动对自己精神上产生的影响。

这是一个星期天晚上，最邻近的教堂的大钟正在报时。赛克斯和犹太人正在谈话，但他们停下来倾听。南希姑娘从她蜷缩的低矮座位上抬起头来，她也在倾听报时。十一点。

“差一小时半夜了，”赛克斯说着，拉起窗帘朝外看，然后又回到自己的座位上，“天又黑又阴沉。这正是适合干活的夜晚。”

“啊！”费金回答道，“太遗憾了，比尔，亲爱的，要干的活儿还尚未完全准备停当呢。”

“你就这一次说对啦。”赛克斯粗暴地回答道，“太遗憾了，我也是这样的心情。”

费金对这一恭维不作回答，却拉着赛克斯的衣袖，用手指了指南希。她利用他们谈话之机戴上了女帽，现在正要离开房间。

“嘿！”赛克斯喊道，“南希，你一个女孩子家这么晚了还要上哪儿？”

“我身体不舒服，我以前就告诉过你了，”姑娘回答道，“我想出去透透气。”

“把你的脑袋伸到窗外去。”赛克斯回答道。

“那不够，”姑娘说道，“我要到街上透透气。”

“那无论如何不行，”赛克斯说完，站起身来，将门锁上，拔出钥匙，将她头上的女帽拉下来，扔到一个旧衣橱上。“好啦，”抢劫犯说道，“现在你给我乖乖地待着，好吗？”

“你会逼得我干出什么拼命的事来的，”姑娘喃喃道，将双手搁在胸脯上，仿佛全靠气力硬将满腔的怒火压下去似的，“让我走，好吗？——此时此刻。”

“不！”赛克斯说。

“直到你放我走——直到你放我走——决不——决不！”姑娘尖叫道。赛克斯旁观了一会儿，伺机突然抓住她的双手，把她拖进隔壁的小房间。她一路挣扎，跟他扭斗。他坐在一条长凳上，把她猛然推在一张椅子里，用力按住。她挣扎一阵，哀求一阵，直到十二点响过，然后，疲惫不堪、筋疲力尽的南希，才不再进一步为这一目的而抗争。

“你想她为什么今天晚上突然心血来潮想出去呢？”赛克斯问道，“喂，你应该比我更了解她。这是什么意思？”

“固执，我看是女人的固执，亲爱的。”

“如果她再这样的话，我就不必麻烦医生了，要给她放一点血。”赛克斯说道。

费金对这一治疗方案意味深长地点头赞同。

“当我患病卧床不起的时候，她日日夜夜地守在我身边，而你呢，像一只黑心狼一样躲得远远的。”赛克斯说道，“当时我们一直很穷。我想，这种情况多少使她感到担心、发愁，况且，在这儿关了这么久，也使她坐立不安，是不是？”

他说这句话时，姑娘本人出来了，又坐回她原先的座位上。

过了几分钟之后，她平静下来了，又恢复了她原来的举止。费金和赛克斯交头接耳地说，她再也不会故态复萌了，于是拿起帽子，向他道了晚安。

南希拿着一支蜡烛跟着老头下楼。他们到了过道时，他将一只手指放在嘴唇上，接近姑娘，悄声说道：

“南希，怎么回事，亲爱的？”

“你这是什么意思？”姑娘以同样的声调回答道。

费金主动地要握她的手时，她退缩了，不过又以沉着的声音道了晚安，对他临别时丢过来的眼色会意地点了点头，然后将门关上。

第四十五章

费金雇用诺亚·克莱波尔
履行一项秘密使命

翌日清晨，老犹太准时起床，焦急地等待着他的新伙伴的到来。新伙伴拖拖拉拉，过了很久终于来了，并开始狼吞虎咽地吃起早饭。

“博尔特，”费金说道。他拉过一张椅子，在莫里斯·博尔特对面坐下来。

“哎，我在这儿呢，”诺亚回答道，“什么事？等我吃完以后再叫我干活吧。这是此地的最大毛病，吃饭的时间总是不够。”

“你昨天干得很好，亲爱的，”费金说道，“干得太漂亮了！头一天就捞到六先令九便士半！洗钱会使你发财的。”

“你可别忘了还得外加三只品脱壶和一只牛奶罐。”博尔特先生说道。

费金假装非常开心地哈哈大笑。博尔特先生尽情地笑过之后，接连咬了几大口，将第一片黄油面包干掉，旋即又开始吃第二片。

“博尔特，”费金俯身于餐桌上说道，“我要你替我做一件事，亲爱的。这事需要十分谨慎小心。”

“我说呀，”博尔特回答道，“你别把我硬推入危险中了，也别再派我去警察局了。这对我不合适，确实不合适，真的。”

“这事一点儿也不危险——一点儿也不，”犹太人说道，“只是去盯一个女人的梢儿。”

“她是谁？”诺亚问道。

"我们当中的一员。"

"噢，天啊！"诺亚撅起鼻子，大声喊道，"你怀疑她，是不是？"

"她找到了一些新的朋友，亲爱的，我必须了解他们是谁。"费金回答道。

"当然，当然，"诺亚回答道，"她在哪儿？我在哪儿等她？我该上哪儿？"

"这一切我会告诉你的，亲爱的。在适当的时候我会把她指认给你。"费金说道，"你做好准备，其余的事交给我。"

那天晚上，以及第二天、第三天晚上，这位密探脚蹬靴子、身穿马车夫服装，随时准备奉费金之命出发。六个晚上过去了，第七天晚上，费金比平常早些回来，喜悦的心情溢于言表。这一天是星期天。

"她今晚会出去活动，"费金说道，"而且我相信她正是去干这件事，因为她一整天独自一人，她所害怕的那个男人要天亮后才回来。跟我来，快！"

诺亚二话没说便一跃而起，犹太人极大的兴奋状态大大地感染了他。他们悄悄地离开房子，匆匆地穿过了迷宫般的街道，终于来到了一家客栈的前面。诺亚认出这正是他抵达伦敦的头一个晚上过夜的那家客栈。

这时已经过了十一点了，客栈的门已关闭。费金低声地吹了一声口哨，门轻轻地开了。他们一声不响地走进去，门在他们背后关上了。

费金和为他们开门的年轻犹太人不敢交头接耳，却以手势代替谈话，把那扇玻璃窗指给诺亚看，以手势叫他爬上来观察隔壁房间那个人。

"就是那个女人吗？"他问道，说话的声音没有超过他的气息声。费金点头称是。

"看得清楚吗？"

"就是千人之中我也能认出她。"

那道门打开的时候，他急忙走下来。接着，姑娘走出来了。姑娘从离他们隐蔽处仅几英尺的地方走过，然后从他们进来的那道门走出去。

诺亚与费金互相交换了一下眼色，便猛冲出去。

"左边，"年轻人低声说道，"走左边，靠马路的对面走。"

他照这样做了。借助于灯光，他看到了姑娘离去的身影。她有两三次紧张不安地回过头来看了看，密探始终与她保持一段距离，眼睛盯住她，紧追不舍。

第四十六章

践 约

当两条人影出现在伦敦桥时，教堂的大钟敲响了十一点三刻。其中，以敏捷快速的步伐行进的是个女人的身影，她频频地左顾右盼，仿佛在寻找一个等待的目标；另一个是男人的身影，他鬼鬼祟祟地潜入所能找得到的最黑暗的阴影里，同时与她保持着一定的距离，使自己的速度与她保持一致。她停他亦停；她继续走，他也偷偷摸摸地、蹑手蹑脚地继续走。她在接近大桥中心的地方停下来。他也停了下来。

这是一个漆黑的夜晚。他们默默地站在桥上，既不跟任何行人说话，行人也不跟他们搭腔。

姑娘焦虑地来回转了几圈——同时受到隐藏的密探的严密监视——这时，圣保罗教堂深沉的钟声敲响了，宣告一天又结束了。

子夜的钟声响过不到两分钟，一位年轻小姐在一位头发灰白的老先生的陪伴下从离大桥不远处的出租马车上下来。他们一踏上大桥的人行道，姑娘就突然跳了起来，马上向他们奔去。

他们继续往前走，带着对某种机会的实现不抱多少希望的神态往四下里看了看。这时，姑娘突然出现在他们面前。他们马上止步，惊叫了一声，又马上忍住，因为就在这时候一个身穿乡下人服装的男人走上前来——几乎与他们擦肩而过。

“别在这儿，”南希匆匆说道，“我不敢在这儿跟你们谈话。咱们离开大路——到那边的台阶下吧！”

密探紧靠着墙挺直身子，屏息着，聚精会神地倾听。

“嘿，”这位先生以和蔼的语气说道，“你把我们带到这个陌生的地方目的何在？为什么不让我在上面跟你谈话，那儿有灯光，又有人走动，却把我们带到这么一个黑灯瞎火、惨淡凄凉的鬼地方？”

“我前面已经告诉你了，”南希回答道，“我害怕在那儿跟你们谈话。我不知道为什么会这样，”姑娘打了个寒噤，说道，“可是我今天晚上心里太害怕，太恐惧了，简直受不了。”

“和蔼地跟她说话，”年轻小姐对同伴说道，“可怜的人儿！她似乎需要和蔼。”

之后不久，老先生又向南希讲话。

“上星期天晚上你没有上这儿来。”他说道。

“我来不了。”南希回答道，“我被关在屋里了。”

“被谁？”

“我以前告诉年轻小姐的那个男人。”

“但愿你没有被怀疑今夜跟人谈我们想知道的这件事吧？”老先生问道。

“没有，”姑娘摇了摇头回答道，“除非他知道理由，否则我要离开他不那么容易。上一回要不是我在离开之前让他喝了鸦片酊，本来也脱不了身，见不到这位小姐的。”

“你回家之前他醒过来了没有？”老先生问道。

“没有。他和他们任何一个都没有怀疑我。”

“我再重复一遍，我对此事坚信不疑。为了向你证明我愿意相信你，我可以毫无保留地告诉你，我们打算利用蒙克斯这个人的恐惧逼他供出这个秘密，不管它是什么秘密。”老先生说道，“如果抓不到他，或者如果抓到了他，而他不按我们的意愿行事，你必须把犹太人交出来。”

“我不干！我决不干这样的事！”姑娘回答道，“尽管他是个恶棍，而且他一直待我比恶棍还要坏，我也决不干这样的事。”

“那么，”老先生迅速地说道，仿佛这正是他一直想达到的目的似的，“把蒙克斯交给我，让我来对付他。”

“如果他背叛其他人怎么办？”

“那么，”老先生继续说道，“未经你的同意，我们不会将这个费金缉拿归案。”

“我能不能得到这位小姐的保证？”姑娘问道。

“你能得到，”罗斯回答道，“你得到了我真诚的、可靠的保证。”

在他们两位保证说她可以毫无危险地这么做之后，她开始描绘那家客栈的名称及地点（今天晚上她被跟踪的那家客栈）。她说话的声音压得很低，因此偷听者甚至难以听出其中的大意。她似乎考虑了一会儿，目的在于回想在她记忆中印象最深的蒙克斯的外貌特征。

“他高个子，”姑娘说道，“体格强壮，但并不胖，走起路来鬼鬼祟祟的，别忘了他那双眼睛凹得比任何人都深，你几乎单凭这一特征就可以把他认出来。他的脸很黑，像他的头发和眼睛一样。虽然他的年纪不过二十七八岁，却显得憔悴不堪。他的嘴巴常常毫无血色，并因齿痕斑斑而变得很丑陋，因为他的病发作起来很可怕，有时甚至把自己的双手咬得伤痕累累——你为什么大吃一惊？”姑娘突然停下来问道。

老先生匆匆地回答说，他没有意识到自己吓了一跳，请求她继续往下说。

“一部分情况，”姑娘说道，“是从我对你们提起的那个屋里的其他人口中得到的，因为我只见过他两次。不过，等一等，”她补充道，“他的喉咙上有一道……部位很高，因此当他把脸转过来的时候，你可以在他围巾下方看到。”

“一道宽宽的红疤，像是烧伤或烫伤的，是吗？”老先生大声说道。

“怎么回事？”南希说道，“你认识他！”

年轻小姐也发出了一声惊叫。他们有一会儿谁也不吭声，偷听者可以清楚地听到他们呼吸的声音。

“我想我认识他，”老先生打破沉默，说道，“凭你的描述我好像认识他。我们不久就会明白的。许多人彼此之间长得特别像，也许不是同一个人。”

“好了，”老先生又说道，从他说话的声音判断，他似乎又回到了原来站的地方，“你已经给了我们最宝贵的帮助，姑娘，但愿这对你反而有好处。我能为你做点什么呢？”

“什么也不用。”南希回答道。

“你别老是这么说，”老先生说道，他说话的声音和语气那么和蔼，因此，即使是一颗更铁石心肠、更冷酷无情的心也会为之感动的，“现在考虑考虑，然后告诉我。”

“没错，先生，我没有犹豫，”姑娘经过短暂的思想斗争之后回答道，“我已摆脱不了过去的生活了。如今，我厌恶这样的生活、憎恨这样的生活，可是我不能离开这样的生活。想必我已经走得太远而无法回头了，”她匆匆地往四下里看了一眼，说道，“我忽然又感到这种恐惧了。我必须回家。”

“毫无用处，”老先生叹了一口气说道，“也许我们待在这儿危及到了她的安全。我们可能把她耽搁得太久了，超出了她原先的预料。”

“是的，是的。”姑娘催促道，“你们把我耽搁了。”

“这个可怜的人儿一生会有什么样的结局呀！”年轻小姐大声说道。

“我的结局永远不会传到你的耳朵里，亲爱的小姐。但愿这些恐怖的事不会传到你的耳朵里！”姑娘说道，“晚安，晚安！”

因为姑娘的心情异常激动，又担心她如果被发现可能遭到的虐待和暴力，老先生决定照她的请求离开她。他们离去的脚步声依稀可闻，一切又归于寂静。

不久之后，年轻小姐及其同伴的人影出现在大桥上。他们在台阶顶上停了下来。

罗斯·梅利迟迟不愿离去，但老先生挽起她的手臂，以轻柔的力量带着她离开。他们消失的时候，南希几乎全身伸直躺倒在一级台阶上，伤心地落泪，以发泄内心的极度痛苦。

过了一会儿，她爬起来，以虚弱、踉跄的步子登上大街。后来，惊诧不已的偷听者依然一动不动地在原地待了几分钟，小心谨慎地往四下瞥了几眼，弄清只剩下他一人了，才慢慢地从藏匿处走出来，像他走下来时一样偷偷摸摸地从墙壁的阴暗处往回走。

诺亚·克莱波尔走到了台阶顶上，不止一次地往外窥视，确信没有被人发现之后，这才以最快的速度猛冲，拼命地朝犹太人的住处奔去。

第四十七章

致命的后果

黎明前大约两小时。在秋天，这个时候可以名副其实地称为夜阑人静。费金正是在这一寂然无声的时刻仍坐在他的贼窝里彻夜不眠。

地板上的一张床垫上躺着诺亚·克莱波尔。他伸展着身子，睡得很酣。老头子的眼睛不时地朝他瞅上一会儿，然后目光又重新落到那根蜡烛上。

确实如此，他因如意算盘落空感到有失面子；对敢于与陌生人瞎扯的姑娘感到憎恨；对她拒绝将他供出来的诚意深表怀疑；对自己未能向赛克斯报复感到大失所望。对自己罪行的败露，对毁灭和死亡的恐惧，与此同时，每一个邪恶的念头和不可告人的目的正在他心中酿成。

他就这样坐着，丝毫也不变换姿势，也没有留意时间的过去，直到街上的脚步声似乎吸引了他灵敏的耳朵的注意。

"终于来了，"他喃喃道，抹了一把他那干燥发烧的嘴巴，"终于来了！"

他正说着，门铃便轻轻地响起来了。他悄悄地爬上楼去开门，回来时由一个用围巾裹到下巴、腋下夹着一只包裹的男人陪着。这个男人坐了下来，揭去了外衣，现出了赛克斯粗壮的身躯。

"好啦！"赛克斯将包裹放在桌上说道，"看管好这个包裹，尽你最大的力量看管好。搞到这玩意儿可真够费劲的。我本来以为三小时以前就能到这儿了。"

"我有件事要告诉你，比尔，"费金说着，将椅子挪近了一些，"它会使你比我还要气愤。”

“是吗？”抢劫犯以怀疑的神态回答道，“马上讲！快点，否则南希会以为我完蛋了。”

“完蛋！”费金大声说道，“在她心里，她早已对你作这样的安排了。”

费金紧紧地盯着抢劫犯，示意他安静，俯身于地板上的床垫前，想把睡觉的人摇醒。

“博尔特，博尔特！可怜的孩子！”费金说道，他带着极大的期待的神情抬起头来，慢条斯理地并着力以强调的语气说，“他累啦——因为监视她这么久而累啦——监视她，比尔。”

“你这是什么意思？”赛克斯的身子往后缩，问道。

费金不作回答，却又俯身审视了一下睡觉的人，拉着他坐起来。

“再把那件事对我说一遍——再说一遍，好让他也听听。”犹太人一边说，一边指着赛克斯。

“对你说什么？”昏昏欲睡的诺亚怒气冲冲地摇着自己的脑袋，问道。

“关于南希的事，”费金说道，他紧紧地抓住赛克斯的手腕，仿佛为了阻止他尚未听清就离开房子似的，“你不是去跟踪她吗？”

“是啊。”

“她去见的一位是先生，一位是她以前找过的小姐。他们叫她交出所有的同犯，首先是蒙克斯，她照办了；要她描述蒙克斯的相貌特征，她也照做了；还问她我们在哪家客栈会合、经常去哪家客栈，她也说啦；而且问她从哪儿可以最有效地监视客栈，她也照说不误；又问她人们什么时候上那儿，她也说了。她全都说啦。她是在毫无威胁、一声不吭的情况下告诉他们这一切的——她是这样的，不是吗？”费金大声说道，几乎快气疯了。

“对呀，”诺亚摇了摇头，回答道，“情况正是如此！”

“关于上星期天他们说了些什么？”

“他们问她，”诺亚说道，当他更清醒些时，他似乎渐渐地明白了谁是赛克斯了，“他们问她上星期天为什么答应来又没有来。她说她来不了。”

“为什么——为什么？把这告诉他。”

“因为她被比尔强行留在家里。唔，她说除非他知道她上哪儿，否则她不能轻易地出门，”诺亚说道，“因此，她第一次去见那位小姐的时候，她——哈！哈！哈！她说那句话时我忍不住要发笑，确实如此——她让他喝了鸦片酊。”

“她要受到炼狱之火的惩罚的！”赛克斯猛然从犹太人的掌握中挣脱开来，“放我走！”

“我的意思是，”费金说道，表明他觉得现在一切伪装都没用了，“为了安全起见，别太过火了，要狡猾，比尔，不要太冒失了。”

赛克斯没有回答，却将犹太人已打开锁的那道门拉开，猛然冲入寂然无声的大街。

他没有停顿，不假思索，不曾左顾右盼，不曾仰望天空，也不曾俯视地面，凶狠、坚定地直视正前方，直到抵达自己的家门口。他掏出钥匙轻轻地开门，悄悄地大步爬上楼梯，走进自己的房间，在门上上了两道锁，抬了一张很沉的桌子抵住房门，然后拉开床幔。

南希半穿着衣服正躺在床上。他将她唤醒。她带着慌张和吃惊的神色直起身来。

抢劫犯坐下来注视了她一会儿，他的鼻孔张大、胸部剧烈地起伏着。接着，他抓住她的脑袋和喉咙，把她拖到房间中央，再次往门上望了一眼，用一只粗大的手捂住了她的嘴。

“比尔，比尔！”姑娘极为恐惧，拼力挣扎，直喘粗气，“我——我不叫也不喊——一次也不——告诉我，我做错了什么？”

“你自己知道，你这个女魔鬼！”抢劫犯憋住气回答道，“晚上有人跟踪你。你说的每一句话都被人听到了。”

“那么，看在上帝的分儿上，饶我一命吧，正如我饶了你的命一样，”姑娘紧紧地抱住他，说道，“比尔，亲爱的比尔，你不会忍心把我杀了吧。哦！想一想就在今晚我为你而放弃的一切吧。你必须有时间想一想，免得你犯下这一罪行。”

赛克斯猛烈地挣扎着，以便自己的双臂挣脱出来，可是它们被姑娘的胳膊紧紧地搂住，尽管他拼命用劲，但就是无法挣脱。

破门盗贼终于抽出一只手臂，握住了他的手枪。他使出全身力气，用手枪对着那张几乎与他的脸相碰的、上仰的脸击了两下。

她身子摇晃了一下，倒下去了。鲜血从她额角上一道又深又长的口子涌出来，血流如注，几乎使她的眼睛什么也看不见。然而，她艰难地直起身来，跪在地上，从她怀里掏出一条白手帕——罗斯·梅利的手帕——双手十指交叉地将它举起来，以她微弱的力量尽量朝上高高地举起，然后低声地祈求造物主的慈悲。

这是一幕惨不忍睹的恐怖景象。凶手跌跌撞撞地退回到墙角，用一只手遮住视线，另一只手抓起一根大棒，把她击倒在地。

第四十八章

赛克斯的逃亡

自夜幕降临以来，偌大的伦敦城内在黑暗的掩护下所发生的一切坏事中，这一件是最恶劣的；在清晨的空气里，带着血腥气味出现的一切恐怖事件中，这一件是最险恶、最残忍的。

赛克斯一动也不动，他一直不敢动弹。房间里曾经传来了受害人的呻吟声，她的手也曾经动弹了一下。由于狂怒加上恐惧，他一再地猛击她。他曾用毯子把她盖上，但想象中的两眼正朝他转过来。尸体就躺在那儿——只是血和肉，死了——然而，这是怎样的肉，又哪里来的这么多的血！

他划了一根火柴，生起炉子，将木棒插进炉火里。木棒的一端粘上了她的头发。头发一着火便化成弯曲的轻灰，被空气截住，旋转着升入烟囱。他洗了个澡，擦去衣服上的血迹。有些血渍擦不掉，他便拿剪子把那几处剪下来烧掉。满屋子血迹斑斑，连那条狗的脚上也沾满了鲜血。

他的眼睛始终没有离开那具尸体，一刻也不曾离开。这些准备工作完成之后，他向后朝门口退去，把狗也一起拉走，生怕它重新弄脏了脚，把新的罪证带上街。他轻轻地关上门，将它锁上，拔出钥匙，离开了房子。

他穿过了马路，抬起头来看了窗户一眼，确信从外面什么也看不见。窗帘依然垂着，她本想拉开窗帘让光线进来。这光线她再也见不到了。她几乎就躺在窗口底下，他对此十分清楚。天啊，阳光怎么偏偏泻进那块地方！

他对窗户的这一瞥是一瞬间的。离开了这个房间使他如释重负。他向狗吹了一声口哨，便迅速地走开了。

当这个疲惫不堪的男人和他那条不习惯户外活动的一瘸一拐的狗由恬静的乡村教堂拐入山丘，沿着一条小巷吃力地、缓慢地行走，最后蹑手蹑脚地走进一家小客栈时（它的昏暗的灯光指引他们到达这里），已经晚上九点了。酒吧间有炉火，一些乡下劳工正围在炉火前喝酒。他们为这位陌生人让出空位，可是他在最远的角落里坐下来，独个儿吃、喝，或者更确切地说，跟狗一起吃、喝。他不时地扔一口食物给它。

他继续固执地往前走。可是，当他将这座城镇丢在后头，突然陷入旅途的孤独和黑暗时，他感到一种彻底令他震撼的恐怖和畏惧渐渐地涌上心头。他面前的每一件物体，每道影子，不论是静的还是动的，都像某个吓人

的东西。

别奢谈什么杀人犯可以逍遥法外，或者暗示上帝一定是疏忽了。像这样遭受一分多钟极度的痛苦，能抵得上惨遭几百次的横死。

他路过的一块地里有间棚屋可供他过夜，在天亮之前他再也无法继续前进了。他就在这里靠墙的地方伸一伸懒腰——忍受新的折磨。

广阔无垠的天空像是着了火似的。一阵阵的火花扑入空中，火花一片高过一片，把方圆几英里的大气照得如同白昼，滚滚浓烟猛烈地朝他站着的地方袭来。

赛克斯来到了火灾现场，但见衣衫不整的人影来回奔跑，赛克斯也跟着大喊大叫起来，直喊到嗓门嘶哑。为了逃避记忆和自我，他钻进了最密集的人群中去。

这一夜他到处上蹿下跳，时而在抽水机旁抽水，时而匆匆地穿过浓烟、烈焰，但始终在声音最大、人群最密集的地方忙活着。直到第二天黎明，这儿只剩下缕缕的浓烟和一片烧焦的废墟。

这阵狂热的兴奋过去之后，他又比原先强烈十倍地意识到自己犯下的可怕罪行。正当他在喝啤酒的时候，他听到来自伦敦的消防队员在谈论那起凶杀案。"听说凶手已经逃往伯明翰去了，"其中的一个消防队员说道，"不过，他们还是会将他逮住的，侦探已经派出去了，到了明天晚上整个乡下就将传得沸沸扬扬了。"

他赶快离开，一直走到几乎累倒在地，而后才在一条小路上躺下来睡觉。他睡了很久，不过风声鹤唳，他时而被惊醒，很不安稳。他又继续徘徊，心里犹豫不决，拿不定主意，且因害怕另一个孤单的夜晚而感到压抑。

他突然不顾一切地决心返回伦敦。

"无论如何，那里还有人可以讲讲话，"他心里想道，"而且也是一个很好的藏身之处。我在乡下留下了这些踪迹之后，他们将永远也不会指望在伦敦逮住我。我何不休息它一星期左右，然后强行从费金那儿挖出一些现金，逃到法国去？该死，我豁出去啦！"

他毫不迟疑地凭一时的冲动行事。他选择了人们最不经常行走的道路，开始了返回伦敦的旅程。

但是狗怎么办呢？如果有什么关于他的特征公布出来，这点决不会被疏忽掉的。他决定把狗溺死。他继续朝前走，东张西望地寻找一口池塘。

他一边走，一边捡起一块大石头，将它缚在手帕上。

主人在做这些准备工作的时候，那条狗仰起头来直盯着他的脸。它的主人在一个池塘旁边停下来，并回过头来喊它时，它立刻停住。

狗仅仅出于习惯而走上前来，可是当赛克斯弯腰将手帕系在它的脖子上时，它发出一声低声的号叫，蓦地往后退缩。

“过来！”抢劫犯喊道。

他的狗摇了摇尾巴，可就是不移动。赛克斯做了一个活套索，再次喊它回来。

它往前进，向后退，停了一会儿转过身去，然后，以最快的速度飞也似的跑掉了。

赛克斯一次又一次地吹口哨，坐下来等待，希望它会回来，可是根本见不到那条狗的影子。他终于又继续赶路了。

第四十九章

蒙克斯和布朗洛先生终于会面。他们的谈话，以及打断这次谈话的消息

布朗洛先生从停在自家门口的出租马车下来、轻轻地敲门时，暮色已经渐渐地浓了。屋里的门打开后，一个身强力壮的男人下了马车，站在马车脚踏板的一侧，另一个一直坐在驭者位上的男人也步下马车，站在脚踏板的另一侧。在布朗洛先生的示意下，他们从车上扶出第三个男人，将他夹在中间，匆匆地把他带进屋里。最后下车的这个男人就是蒙克斯。

他们就这样一声不吭地上楼，布朗洛先生在前面带路，把他们领进后间。到了这房间的门口，本来上楼时显然就不愿意的蒙克斯停住了。站在他左右的两个男人都朝老先生看，仿佛在等待他的命令似的。

“他懂得作出抉择，”布朗洛先生说道，“如果他对你们的吩咐犹豫不决或胆敢采取什么行动，就把他拖到街上，求助于警察，以我的名义控告他犯有重大罪行。”

蒙克斯显然感到仓皇失措，也不胜恐慌。他犹豫了。

“你要赶快决定，”布朗洛先生说道，态度十分坚定、沉着，“倘若你希望我公开指控你，使你受到惩罚，随你的便！倘若你不希望这样，而是求助于我的宽容，以及曾经被你深深伤害过的那些人的慈悲，那你就一声不响地坐在那张椅子上。”

蒙克斯以焦虑的目光望着老先生，然而，从他的脸部表情只能看出严

厉与坚定，于是，他只好走进房间，耸了耸肩，坐了下来。

“从外面将门锁上，”布朗洛先生对随从说道，“我打铃时你们才能进来。”

两名随从遵照吩咐，屋里只剩下布朗洛先生和蒙克斯两人单独在一起。

“这好极啦，”在长时间的沉默之后，蒙克斯（暂且保留他的假名）说道，“可是，你究竟找我有什么事？”

“你有一个弟弟，”布朗洛先生重新振作起来，说道，“一个弟弟。我刚才在街上走在你身后，在你耳旁悄声地说出了你弟弟的名字，这本身就足以使你惊奇、恐慌地跟我们上这儿来。”

“我没有弟弟，”蒙克斯回答道，“你知道我是独子。为什么你要跟我谈起兄弟的事呢？这事你知道得跟我一样清楚。”

“注意听我所知道而你可能不知道的事，”布朗洛先生说道，“我很快就会使你发生兴趣的。我了解这桩不幸的婚姻。家庭的自尊和最卑鄙、最狭隘的全部抱负，迫使你不幸的父亲在他还只是一个孩子的时候就接受了这门亲事，而你正是那唯一的、最不自然的后代。”

“没错，他们分居了，”蒙克斯说道，“可那又怎么样呢？”

“当时你父亲认识的一位新朋友，”布朗洛先生说道，“是一位刚退役的海军军官。他的妻子大约半年前去世，给他留下了两个孩子。这两个都是女儿，一个美丽的姑娘十九岁，另一个小女孩只有两三岁。”

“这和我有什么关系？”蒙克斯问道。

“他们住在你父亲彷徨中经常去的乡下，”布朗洛先生仿佛没有听到他的插话，继续说下去，“后来你父亲也在那儿住下来。他们相识了，他们之间的友谊迅速地建立起来。你父亲是个少有的天才，几乎没有什么人能及得上他。他具有他姐姐的心灵和人品。当这位老军官对你父亲越来越了解时，他渐渐地喜欢上他了。我倒希望事情到此为止。他女儿也渐渐地爱上了你父亲。”

老先生顿了一下，蒙克斯咬住嘴唇，双眼盯着地板。布朗洛先生看到这样，立即又继续说下去：

“一年下来，他与军官的女儿订婚了，正式地订婚了。他得到了一位纯情姑娘第一次真正的、热烈的和唯一的恋情。”

“你的故事可真长呀。”蒙克斯在椅子里不安地扭动身躯，说道。

“年轻人，这是一个忧伤、磨难和悲痛的真实故事，”布朗洛先生说道，“这类故事通常都很长。最后，你们家的一位有钱的亲戚死了。他为了巩固家族利益和名望曾牺牲了你父亲的幸福。为了补偿他所造成的这一痛苦，这位亲戚为你父亲留下了解除一切忧伤的万灵药——金钱。你父亲必须立即奔赴罗马。你父亲去了罗马，却在那儿得了不治之症。你父亲患病的消息一传到了巴黎，你母亲就带着你随后也到了罗马。她抵达罗马后的第二天，你父亲就去世了，没有留下遗嘱——没有遗嘱——结果全部财产都理所当然地由你母亲和你继承。"

蒙克斯对这部分的叙述屏息静听，一脸渴望的样子，尽管他的眼睛并没有朝讲述者看。

"你父亲出国之前路过伦敦，"布朗洛先生始终盯着对方的脸，缓慢地说道，"他来找过我，给我留下了一些东西，其中有一幅画——他自己画的一幅肖像画——这位可怜的姑娘的肖像。他不想把它留下来，但在这次仓促的旅行中却又无法带走它。并向我吐露他无论付出多大的代价，都打算把全部财产换成金钱，同时，将新近从那位有钱的亲戚获得的遗产的一部分给他妻子和你之后，决定到国外去，永不回国。我非常清楚，他不会独自离开英国的。即使对我这样一位早年的老朋友，他也不愿过多地吐露心曲。"

"当一切都结束了的时候，"布朗洛先生稍微顿了一下之后，又继续说道，"我到了他那问心有愧的爱情的发生地，决意如果自己所担心的事发生了，那么那位误入歧途的姑娘应该找到一颗同情她的心和一个容她居住的家。她家一星期以前就已经离开这个地区了。为什么离开，到何处去，谁也不知道。"

蒙克斯的呼吸更自如了，他带着胜利的微笑环顾了一下四周。

"当你弟弟，"布朗洛先生把自己的椅子往对方挪近了点，说道，"当你弟弟，一个身体虚弱、衣衫褴褛、未被妥善照管的孩子，在比机缘更强有力的安排下让我遇见时，并把他从邪恶和不光彩的生活中营救出来时——"

"什么？"蒙克斯喊道。

"由我把他救出来，"布朗洛先生说道，"你弟弟当时被我救出来，躺在我家里养病。由于他与我提到的那幅肖像画中的姑娘长得太像，使我大为诧异。我还不知道他的身世，他就被拐走了。这我就不必告诉你啦——"

"你——你——无法提出任何对我不利的证据，"蒙克斯结结巴巴地说道，"我倒想看看你能拿出什么证据！"

"我们等着瞧吧，"老先生锐利的目光盯了他一眼，回答道，"我丢失了这个小男孩。无论我费多大的劲都无法重新把他找回来。既然你母亲已经过世了，我知道如果有人能解开这个谜，那就只有你了。我上一次听到有关你的消息时，你正在西印度群岛自己的庄园里。于是我便航行到西印度群岛。你好几个月前就离开西印度群岛了。人们猜想你在伦敦，于是我返回了伦敦。你的代理人也不知道你的住处。他们说你来无影去无踪，显然还是老去那些低劣的场所，依然和那些声名狼藉的人混在一起。”

“现在你确实见到我了，”蒙克斯放肆地站起来说道，“那又怎么样呢？单凭某个小家伙长得很像一个死人生前画的一幅无聊、拙劣的画像，你认为这种行为是正当的吗？有一个弟弟！你甚至不晓得这感情脆弱的一对有没有生过孩子。你连这点都不晓得。”

“我过去不晓得，”布朗洛先生也站起来回答道，“可是在过去的两周里，我什么都明白了。你有一个弟弟。你知道这一点，而且也认识他。有一份遗嘱被你母亲销毁啦，因此，她去世之后就将这一秘密和获得的财富遗给了你。遗嘱提到了一个孩子，它很可能就是这段可悲的姻缘的结晶。这孩子后来生下来了，并意外地被你碰上了。他长得很像他父亲，这首先引起了你的怀疑。你赶到了他的诞生地点，那儿保存着他的出生情况和父母身份的证据——长期被隐瞒的证据。这些证据已经被你毁了。你这个不肖子、懦夫和说谎者！你夜间同窃贼和凶手在密室中策划。你的阴谋已导致一位比你强无数倍的人惨遭杀害。你从小就一直是你父亲的一块心病。一切邪恶的情感、罪恶和放荡都在你身上溃烂，直到通过一种可怕的疾病发泄出来。这种疾病已使你的脸成了你心灵的反映。爱德华·利福特，你还敢向我挑战吗？”

“不敢，不敢，不敢！”这个懦夫被这一大堆指控吓破了胆，连声说道。

“每一句话！”老先生说道，“你和那个可憎的恶棍之间所说的每一句话，我都知道。见到那个孩子遭虐待，给一个堕落的姑娘勇气，激发了她近乎美德的品性，改恶从善。谋杀业已发生，即便你不是此案的真正当事人，但是道义上你对此罪责难逃。”

“不，不，”蒙克斯插话道，“我——我——对此事一无所知。我正想了解此事的真相就被你逮住了。我不知道你为什么逮住我。我还以为是一般的争吵呢。”

“这只是对你的秘密的部分揭露。”布朗洛先生回答道，“你愿意公开全部秘密吗？”

“如果你坚持这样，我可以照办。”蒙克斯回答道。

“你必须做的还不止这些，”布朗洛先生说道，“把财产归还给那个无辜的和无害的孩子。他确实是一个无辜的和无害的孩子，尽管他是这段愧疚的和最痛苦的爱情的产物。你没有忘记那份遗嘱的条文吧。有关你弟弟的条文，你必须逐条执行，然后你高兴上哪儿就上哪儿。在这个世界上，你们兄弟无须再见面。”

当蒙克斯一方面被恐惧，另一方面被仇恨搞得心烦意乱，正在房里来回踱步，房门被匆匆地打开了，一位先生（洛斯伯恩先生）极为激动地走了进来。

“那个人将会被逮住的，”他大声说道，“他今天晚上就将被逮住！”

“凶手吗？”布朗洛先生问道。

“是的，是的，”对方回答道，“人们已发现他的狗潜伏在某个老贼窝里。看来，毫无疑问，它的主人要么此刻就在那儿，要么将趁着夜色抵达那儿。各个方向都有密探守候。我已跟负责缉拿凶犯的人士交谈过。他们告诉我凶手逃不掉。今晚政府已宣布悬赏一百英镑捉拿凶手。”

“我愿意再增加五十英镑，”布朗洛先生说道，“如果我能够抵达那儿的话，我要当场亲口宣布。梅利先生在哪儿？”

“你是说哈里吗？他一看见你这位朋友和你安然地坐在马车里，便匆忙地赶到他听到这条消息的地点，”医生回答道，“然后跨上他的马，出发到他们约定的郊区某处参加第一批追捕队去了。”

“那么费金呢，”布朗洛先生说道，“他的情况如何？”

“我得到的最新消息是，他尚未被逮捕。不过，此刻他将被逮住，或也许已被逮住了。他们有把握逮住他。”

“你拿定了主意了吗？”布朗洛先生低声地问蒙克斯道。

“拿定主意了，”他回答道，“你——你会替我保密吗？”

“我会的。待在这儿，直到我回来。这是保证你安全的唯一希望。”

他们离开了房间，门又锁上了。

“直接乘马车到警察局，你还可以赶上他们，”洛斯伯恩先生回答道，“我留在这儿。”

两位先生匆匆地分手，他们彼此心中都激动不已，完全难以自持。

第五十章

追捕与逃亡

靠近罗瑟莱思教堂、毗连泰晤士河那个地区，两岸的建筑物最脏，这当中还有一处隐藏于伦敦的最污秽、最陌生和最特别的地方，完全不为大多数居民所知，甚至连名称也没有。

雅各布岛位于这一地区，在南沃克自治市的多克赫德那边。到雅各布岛藏身的人，要么一定有寻找一个秘密住处的强有力的动机，要么一定是穷困潦倒，无处栖身。

在其中一幢房子楼上的一间屋子里聚集着三个男人。它的后面俯临着“愚蠢沟”。这三个男人露出茫然不知所措和期待的神色，不时地举目凝视对方。他们心情阴沉、忧郁，默不作声地坐了一些时候了。其中一个是托比·克雷基特，另一个是奇特林先生，第三个是五十岁的抢劫犯，此人是个已回国的流放犯，他的名字叫卡格斯。

“在那两个老巢不太安全的情况下，”托比转向奇特林先生说道，“你该挑个别的地方，不要上这儿来，老弟。”

短时间的沉默之后，托比·克雷基特似乎绝望地放弃了继续维持通常那副无法无天的傲慢态度的努力，掉过头跟奇特林说道：

“那么费金是什么时候被抓走的？”

“就在吃午饭的时候——下午两点被抓走的。我和查利幸亏从洗衣房的烟囱里逃出来。博尔特头朝下钻进一个盛雨水的空桶，可是他的两条腿实在太长了，露出桶外，因此，他也被抓走了。”

“贝特呢？”

“可怜的贝特！她去看南希的尸体，去跟她的遗体告别，”奇特林回答道，他的脸色变得越来越阴沉了，“却因此而发疯了，尖声大叫，胡言乱语，拿头去撞木板。因此，他们给她套上了约束衣[①]，把她送进医院。她现在就在医院里。”

“贝茨少爷怎么啦？”卡格斯问道。

“他在外头闲荡，天黑以后才会上这儿来。不过，他很快就会来了，”奇特林回答道，“现在已没有别的地方可去了，三瘸子客栈的人都被拘留了，而窝里的酒吧挤满了警察——我去过那里，我亲眼看到的。”

“这是毁灭性的打击，”托比咬着嘴唇说道，“这场打击中看来不止一人要丧命。”

“治安法庭正在开庭，”卡格斯说道，“如果他们审讯结束，同时，博尔特肯定会招供的。那么，他们可以证明费金是事前从犯[②]，并于星期六举行审判。这样，老天作证，从现在起再过六天，他就得上绞刑架！”

“你应该听听民众的呼声，”奇特林说道，“警官死命地保护着，否则，他们会把费金撕成碎片。他曾经被击倒过一次，但警官们绕着他围了一圈，往前打开一条出路。你还没有见到他浑身污泥，血流不止，紧抱住警官不放的情形，仿佛他们是他最亲密的朋友似的。”

被这个场面吓得惊恐万状的目击者奇特林双手捂住耳朵，闭起眼睛，站了起来，像发了疯似的来回踱步。

他正踱着步，另外两个男人一声不吭地坐在旁边，眼睛盯住地板的时候，楼梯上传来了嗒嗒嗒的声音，赛克斯的狗跳进了房里。他们赶忙朝窗口跑过去，然后下楼，冲到街上。狗刚才是从一个敞开着的窗口跳进来的。

“这作何解释呢？”他们重新跑回来后，托比说道，“他不可能上这儿来。但——但愿他不会来。”

“它还能从哪儿来？”托比大声说道，“它当然到过其他的窝，发觉那些地方尽是陌生人，就上这儿来了。这里它来过好多次，也经常来。可是它最初

---

① 用于束缚疯子或狂暴的犯人双臂用的衣服。

② 指怂恿主犯、参与预谋等的“事前从犯”。

可能从哪儿来呢？它怎么没有跟它的主人一块来呢？”

现在天黑了，窗板已经关闭。他们点燃一支蜡烛放在桌上。最近两天里发生的可怕事件已经对他们三人产生了深刻的影响。他们将各自的椅子拉得更靠近些，一有风吹草动就胆战心惊。

他们就这样坐了一些时候，突然，从下面传来了一阵急促的敲门声。

“贝茨少爷。”卡格斯说道。他生气地环顾四周，以抑制自己的心中的恐惧。

敲门声再次响起，不，这不是他。他从不会这样敲门。

克雷基特走到窗口，浑身哆嗦着把头缩了回来。没有必要告诉他们来者是谁了，他苍白的脸色就足以说明一切。狗也马上警觉起来，哀号着朝门口跑去。

克雷基特下楼开门，回来时后面跟着一个男人。他脸的下半部用一条手帕遮住，脑袋用另一条手帕扎起来再戴上礼帽。他慢慢地脱去帽子，解开手帕，露出了一张苍白的脸孔，他眼睛凹陷，双颊深陷，三天没刮胡须，身体消瘦，呼吸短促、沉重。这正是赛克斯的幽灵。

他们谁也不说一句话。赛克斯默默地把他们一一看了一遍。当赛克斯以沉闷的声音打破沉默时，其他三个人全都吓了一跳。他们以前似乎从未听到过这种声调。

“这条狗怎么会跑到这儿来的？”他问道。

“它自己跑来的。三小时以前来的。”

“今晚的报纸说费金被捕了，是真的，还是假的？”

“真的。”

他们又再次沉默了。

“你是这里的主人，”赛克斯将脸转向克雷基特，说道，“你打算出卖我呢，还是让我隐藏在这儿，直到这场追捕结束？”

“如果你认为这里安全，你可以待在这里。”克雷基特犹豫了一会儿之后回答道。

赛克斯缓慢地将眼睛抬向他背后的墙上，并且说：“那——那具尸体——埋了没有？”

他们摇了摇头。

“为什么还不把它埋掉！”他反驳道，眼睛依然瞥了一眼他背后的墙，

“他们为什么要把这么丑陋的东西留在地面上呢？——谁在那儿敲门？”

克雷基特离开房间时打了个手势，暗示没有什么可惊慌的。不久他就回来了，后面跟着查利·贝茨。赛克斯坐在门的对面。因此，这小伙子一踏入房间，劈面就见到他的身影。

“查利！”赛克斯进前一步，说道，“难道你——你不认识我了吗？”

“别靠近我，”小伙子继续往后退，回答道，眼里充满恐惧地盯着杀人犯的脸，“你这个凶残的野兽！”

“你们三位作证，”小伙子挥动着攥紧的拳头，大声说道，他越说越慷慨激昂，“你们三位作证，他就是会被活活地下油锅，我也要把他交出去。如果你们三个人有点男子汉的勇气，就应该帮助我。杀人啦！救命啊！把他抓起来！”

贝茨少爷发出了这些叫喊，又伴随着剧烈的手势，真的单枪匹马地向这个强壮的汉子猛扑过去，因用力猛，竟出其不意地将对方重重地扳倒在地。

三位旁观者似乎都吓呆了，他们谁也没有介入。于是小伙子和那个男人一起在地上打滚；前者不顾雨点般向他飞来的拳头，越来越紧地扭住杀人犯胸前的衣服，一边不停地、拼命地呼救。

这时，克雷基特神色惊慌地将赛克斯往后拉了一把，并指着窗外。下面灯火闪烁，似乎有不计其数的人越过最近的那座木桥。接着，传来了一阵急促的敲门声；而后，众多愤怒的声音汇成一阵嘶哑的嗡嗡声。这声音足以使最胆大包天的人心惊胆战。

“救命！”小伙子的尖叫声划破夜空。

“他就在这儿！把门打破！”

“把门打破！”小伙子尖叫道，“我告诉你们，他们绝不会开门的。直接跑到有灯光的那个房间，把门打破！”

他的话音刚落，密集、沉重的敲击乒乒乓乓地落在门上和较低的窗板上。人群中突然爆发出惊天动地的“好哇”的欢呼声，使听者第一次对人群的人数之众有了足够的认识。

“找个可以把这个大喊大叫的野孩子锁起来的地方，把门打开，”赛克斯恶狠狠地喊道。他将小伙子丢进去，闩住门，转动钥匙，将门反锁起来，“楼下的门关牢了没有？”

“上双重锁，且用链条扣住。”克雷基特回答道。他和另外两个男人依然感到茫然不知所措。

在凡人曾经听说过的一切可怕的呐喊中，没有哪一种呐喊能够超过被激怒的人群发出的惊天动地的怒吼。最靠近他的人把这句话传下去，于是数以百计的人都随声附和着。有的叫拿梯子，有的叫拿锤子，有的举着火把来回奔跑，像是在寻找这些东西，然后又重新回来继续喊叫；所有的人都在底下的黑暗中来回晃动，宛如一片在狂风中摇动的玉米田，还不时地加入一阵高声地怒吼。

“潮水，”杀人犯放下框格窗，把黑压压的一片面孔关在外面，跌跌撞撞地走回房里说道，“我刚才上来的时候潮水已经上涨了。给我一条绳子，一条长绳子。他们全都在房子的正面。我可以跌落到‘愚蠢沟’里，从那边

逃走。”

三个惊恐万状的男人指出了放绳子的地方。杀人犯匆匆地选了一条最长、最结实的粗绳子，赶忙爬上屋顶。

除锁住贝茨少爷的那个房间的一个小活动天窗外，这栋房子后面的所有窗户早已被砖头堵死了，可是，贝茨少爷从这个孔洞不断地叫户外的人守住屋子后面。因此，当杀人犯终于从顶楼的门爬上屋顶时，一声大喊把这一新动向通报给房子正面的那些人。他们立即拥到屋后，一股川流不息的人群互相向前推搡着。

赛克斯把特意抬上去的一块木板牢牢地固定在屋顶门上。而后，他蹑手蹑脚地爬过了瓦屋顶，从低矮的扶墙上往下望。

潮水已经退了，沟底尽是淤泥。

在短短的一瞬间，人群已经安静了下来，密切地注视着他的一举一动，却拿不准他到底想干什么。可是，他们刚明白他的意图已化为泡影时，就爆发出一阵胜利的欢呼和咒骂，声浪一浪高过一浪。人群已经拥进了沟对面的房子里，框格窗已被推拉起来或整个被扯下来。每个窗口都露出层层重叠的脸孔，每个屋顶都站满了一群群的人，每座小桥（可以看得见三座）都被站在上面的人群的重量压弯。

“我愿意出五十英镑，”站在同一个地方的一位老先生喊道，“赏给活捉凶手的人。我将留在这里，专候他前来领赏。”

人群中又发出一阵大声地呐喊。在窗口观看的人们见到桥上的人往回涌，也纷纷离开原来的位置，冲进街道里，与正一窝蜂地涌向他们原先离开的地点的人群汇合。人们彼此互相挤压争斗，气喘吁吁、迫不及待地要靠近门口，以便警官把罪犯带出来时能够先睹为快。

由于完全被人群的凶猛镇住，又加上不可能逃脱，凶手畏缩了。他一跃而起，决定跳进沟里，为自己的逃命作最后一搏，同时，冒着被窒息的危险，乘黑暗和混乱，悄悄地溜之大吉。

他重新振作起来，鼓起新的力量，在表明有人已冲进房里的声响的驱动下，用脚抵住烟囱，将绳子的一端牢牢地拴在烟囱上，另一端则借助于双手和牙齿，几乎仅片刻的工夫就打了一个很牢固的活套索。他可以利用这根绳子使自己降到离地面不到自己身高的距离之内，手里备好一把刀，到时候砍断绳子，让自己掉落在地。

当他把活绳圈先套在头上，然后再滑落到腋窝底下时，凶手回头看了身后的屋顶一眼，把双臂猛地伸过自己的头上，发出一声恐惧的叫喊。

“又是那双眼睛[①]！”他发出一声鬼怪的尖叫。

他仿佛遭闪电袭击似的身体摇摇晃晃，失去平衡，从低矮的扶墙上坠落下来。活套索挂在他的脖子上。套索因他的体重而将他往上拉起，绷得像弓弦那么紧，又像一支离弦的箭那样直往下坠落了三十五英尺。套索猛拉了一下，他的四肢惊人地抽搐着。于是，他被吊在那儿，正在变得僵硬的手里还紧握着一把打开的小折刀。

迄今，那条狗一直躲着。现在，它凄厉地长号一声在屋顶的扶墙上来回奔跑。然后，往下跳之前它竭力镇定了一下，便朝着死者的肩膀上跳下去。它跳下去时偏离了目标，在空中打滚，掉进沟里，头撞到一块石头上，脑浆迸裂。

---

① 指南希被赛克斯杀害后的那双死不瞑目的眼睛不断地引起他的幻觉（参见第48章的开头部分）。

第五十一章

本章对不止一个秘密提供了说明，还包括了一次不涉及嫁妆和私房钱的求婚

上一章叙述的事件才过去两天，下午三点，奥利弗不觉已坐上旅行马车，飞快地驶往他的诞生地了。跟他一道前往的还有梅利太太、罗斯、贝德温太太以及那位医术高明的大夫。布朗洛先生坐一辆驿递马车跟在后面，由另一位未曾提及姓名的人陪着。

他们一路上谈话不多，因为奥利弗的心情处于激动不安和变化无常的状态，布朗洛先生已经将迫使蒙克斯承认的实况详细地告诉奥利弗和两位女士。尽管他们知道此行的目的是为了这项有良好开端的工作圆满结束，然而整件事疑问重重、神秘莫测，使他们处于最紧张的悬念之中。

“瞧那儿，那儿！”奥利弗急不可耐地抓住罗斯的手，指着车窗外大声叫道，“那是我越过的树篱两侧的台阶，我曾经悄悄地爬到那儿道树篱后面，生怕有人会追上我，逼我回去！远处是横贯田野的小路，通往我小时候居住的旧房子！啊！迪克，迪克，我亲爱的老朋友，要是现在我能见到你该多好哇！”

“你马上就可以见到他了，”罗斯安慰道，双手轻轻地握住他那双十指交叉的手，“你可以告诉他，你现在多么幸福，你已经变得多么富有。而在你所有的幸福中，最大的幸福莫过于回来，让他也感到幸福！”

“是的，是的，”奥利弗说道，“而且我们——我们将带他离开这儿，让他有衣穿，有书读，把他送到一个僻静的乡村，让他在那儿长得身强力壮、健健康康的——好不好？”

罗斯点头表示赞成，这孩子正噙着如此幸福的泪花微笑，以至她说不出话来。

“我逃跑的时候，迪克曾对我说‘愿上帝保佑你’，”奥利弗突然迸发出诚挚的情感，哭诉道，“现在，我要对他说，‘愿上帝保佑你’，并告诉他，因为这句话我多么爱他！”

他们到了镇上，马车终于在狭窄的小巷穿行时，要想抑制奥利弗的情感，竟成了一件难事。殡仪员索尔贝里的店铺还是原来那副老样子，只是小了点，所有那些熟悉的商店和房子，几乎都跟他多少有点联系：甘菲尔德过去拥有的那辆运货马车依然停在客栈门口，那所济贫院——他少年时期凄凉的监狱——阴暗的窗户险恶地面朝着大街，站在大门口的还是同一个精瘦的守门人。在一些门口和窗户里还有许许多多他非常熟悉的面孔，几乎什么东西都没有变化，仿佛他昨天才离开似的，而他最近的生活只不过是一场春梦罢了。

然而，这纯粹是严肃的、快乐的现实。他们径直驱车来到镇上第一旅馆门口，格里姆威格先生早已在这儿等着迎接他们了。他们从马车上下来时，他吻了年轻小姐，又吻了老夫人，仿佛他是这一行人的老爷爷似的。正餐已经备好，寝室已收拾停当，一切都已不可思议地安排好了。

最后，到了晚上九点，洛斯伯恩先生和格里姆威格先生走进房间，后面跟着布朗洛先生和一个男人。奥利弗见到这男人惊讶得几乎尖叫起来，因为他们对他说这个男人是他哥哥，而且，他正是奥利弗在集镇遇到过的且又看见他伙同费金从外面往他的小房间里窥视的那个人。布朗洛先生手里拿着文件，走到靠近罗斯和奥利弗坐着的一张桌子。

“这是一件费力的活儿，”布朗洛先生说道，“可是，当着许多位先生的面在伦敦签了字的这些口供必须在这里大体地重复一下。”

“继续说下去，”蒙克斯将脸侧向一边，说道，“快点，你想要我做的，我也已经做得差不多了，别把我扣留在这儿。”

“这个男孩，”布朗洛先生把奥利弗拉到自己身边，一只手搁在他头上，说道，“是你的异母兄弟；是你父亲、也是我的好朋友埃德温·利福特的私生子，是可怜的年轻的艾格尼丝·弗莱明所生。她一生下他就去世了。”

“没错，”蒙克斯瞪眼怒视着这个瑟瑟发抖的男孩说道，他也许可以听得见这孩子扑通扑通的心跳声，“这就是他们的野种。”

“你使用的字眼，是针对早已不受世人的愚蠢非难所左右的人，这些字眼除了对你自己外，不会给任何活着的人带来耻辱。此事就让它过去吧！奥利弗是在这座小镇出生的。”

“在镇上的济贫院出生的，”蒙克斯满脸不高兴地回答道，“你那里都有记述了。”他说话时不耐烦地指着布朗洛先生手中的文件。

“你也必须在这儿重复一遍，”布朗洛先生环视了一下四周的听众，说道。

“那好，你们大家听着！”蒙克斯回答道，“他父亲在罗马病倒，早已跟他分居的妻子我的母亲前往探望。她从巴黎带我去，就我所知，目的是为了料理他的财产。他对我们的到来一无所知，因为他已经病得神志不清。他昏睡到第二天就死了。在他书桌里的所有文件中，有两份注明了他刚发病那个晚上寄给你亲收的信，”蒙克斯这番话是对布朗洛先生说的，“函内给你的附件只有几行字，在封袋上提示：须待他死后转交。这两份文件中有一份是给名叫艾格尼丝姑娘的信，另一份则是遗嘱。”

“信中说些什么？”布朗洛先生问道。

“信？——只不过是一张纸，上面的字句涂了又涂，既有悔罪的自白，也有请求上帝帮助她的祈祷。他对这个姑娘撒谎，说今后有一天会解释明白的某个秘密阻止他现在跟她结婚。于是她耐心地等着，对他深信不疑，直到信任得太过分，失去了任何人也无法还给她的贞操。那时候她离分娩只剩下几个月了。他把自己为了使她不蒙受耻辱打算做的一切告诉她，他提醒她他赠给她的那只小纪念盒，以及上面刻着她的教名的那枚戒指，还有戒指上留出的空白处——他希望有朝一日能把自己的姓氏给予她，祈求她能把纪念盒珍藏着，像以往那样挂在胸口。”

“那份遗嘱呢？”布朗洛先生问道。奥利弗的眼泪已扑簌簌地直往下掉。

蒙克斯一声不吭。

“遗嘱的实质和信一样，”布朗洛先生替他说道，“他谈到他妻子给他带来的痛苦，谈到了作为他独子的你的忤逆不驯的性情、恶习和很早形成的邪恶欲念，以及你一直被你母亲训练用来憎恨他，还谈到他给你和你母亲各留下八百镑的年金。他大部分的财产平分成两份：一份给艾格尼丝·弗莱明，另一份给他们的孩子——如果能够活着生下来并到达法定的年龄的话。如果生下来的是个女孩，她可以无条件地继承这笔财产；但是如果是男孩，则必须符合一个条件，在他未成年的时候，不得以任何耻辱、卑鄙、懦怯或罪恶等公开的行为玷污自己的姓氏。如果他对这一期望感到失望，那么，这笔财产就由你蒙克斯继承，因为那时候，而且只有到了那个时候——当两个孩子都是一样的孬种时，他才愿意承认你对财产的继承有优先权。”

“我母亲做了一个女人应该做的事，”蒙克斯提高声音说道，“她把这份遗嘱烧了。另外那封信也不曾抵达目的地。她把这封信及其他证据保留着，以防他们试图用谎言来诋毁这一品行上的污点。艾格尼丝的父亲从她那儿获得了真相。我母亲以极端的仇恨对此事千方百计地添油加醋。羞愧和耻辱驱使艾格尼丝的父亲带着两个女儿逃到威尔士的一个偏僻的角落，甚至连自己的名字都改了，结果他的朋友们永远也不晓得他的隐居处。而后不久，人们发现他死在自己床上。他大女儿几星期前就偷偷地离家出走了，他徒步到邻近的每座城镇和乡村去找她，在他确信她为了掩饰她和他的羞耻而结束自己的生命时，他回到家里。当晚，他那颗年迈的心碎了。”

此刻，出现了短暂的沉默，直到布朗洛先生重新回到正题上来。

“多年以后，”布朗洛先生说道，“这个蒙克斯——即爱德华·利福特的母亲前来找我。他才十八岁就离开了他母亲，抢走了她的珠宝首饰。他嗜酒如命，挥霍成性，伪造欺诈，后来逃往伦敦。在那里的两年里，他结交了伦敦最低下的流浪汉。她患上了一种痛苦的不治之症，身体日渐衰弱，渴望在她临死之前能重新找到他。她四处打听，仔细查寻，好长时间他一直杳无音讯，但最终还是找到了他。他跟她回到了巴黎。”

“她的病拖了很久之后，在巴黎去世了，”蒙克斯说道，“临终时，她把这些秘密，连同她对涉及这一秘密的所有人的难以抑制的、不共戴天的仇恨都传给了我。她不相信这个姑娘已经自杀，并一起除掉了这个婴儿。在她的印象中她老是认为一个男孩已经诞生，而且还活着。我向她发誓，什么时候他被我撞上，我一定对他穷追不舍，让他永不安宁。她的想法没有错，这个男孩终于被我撞上了。刚开始时我得心应手。要不是那个多嘴多舌的娼妓把秘密抖搂出去，我一定能够善始善终，大功告成！”

布朗洛先生转过身来，向身边被吓得目瞪口呆的人们解释说，那个犹太人一直是蒙克斯的老同谋和密友，他因诱使奥利弗中了他的圈套而获得一大笔酬金。如果奥利弗一旦被救了出去，费金就得退还部分酬金。在这个问题上的一次争执导致他们暗访了乡村别墅，目的是为了认明那究竟是不是奥利弗。

“那么，小纪念盒和戒指呢？”布朗洛先生回过头来问蒙克斯道。

“我从向你提起的那一对男女那里把它们买下了。那是他们从一个看护妇那儿偷来的，看护妇则是从死人身上偷来的。”蒙克斯没有抬起眼睛，回答道，“你知道它们后来到哪里去了。”

布朗洛先生只是向格里姆威格先生点了点头，后者便极其敏捷地消失了，不久又回来了，前头推着邦布尔太太，后头还拉着她不愿进来的丈夫。布朗洛先生走到了这对体面的夫妇跟前。他指着蒙克斯，问他们道：

“你们认识这个人吗？”

“不认识。”邦布尔太太回答得很干脆。

“你大概也不认识吧？”布朗洛先生问她丈夫道。

“我一生从未见过他。”邦布尔先生说道。

“大概也不曾卖过任何东西给他吧？”

“是的。”邦布尔太太回答道。

“你们恐怕从未拥有过一只金质纪念盒和一枚戒指吧？”布朗洛先生继续问道。

“当然没有。”女总管回答道，“为什么带我们到这儿来回答这样荒谬的问题？”

布朗洛先生再次向格里姆威格先生点头示意，他再次极为乐意地、一瘸一拐地走开了，但这次回来时不是带进一对矮胖的夫妇，而是领来两个中风的老太太。她们走起路来颤巍巍的。

“老萨利死的那个夜里你把门关上了，”走在前面的那位抬起一只干瘪的手，说道，“可是你关不住声音，也堵不住门上的裂缝儿。”

“对，对，”另一位往四下里看了看，那张没有牙齿的嘴喋喋不休地说道，“对，对，对。”

“我们听到萨利想告诉你她所做的事，还看见你从她手里接过一张票据，第二天还注视着你走进当铺。”第一位说道。

“对，”第二位补充道，“它是一只纪念盒和一枚金戒指。我们打听清楚了，还看见东西交给了你。我们就在旁边。噢！我们就在旁边。”

“你们想见见那位当铺老板本人吗？”格里姆威格先生做出朝门外走的姿态，问道。

“不必了，”女总管回答道，“如果他——（她指着蒙克斯）——是个胆小鬼，什么都承认了——我看他已经承认了，况且，你们又调查了这么多老丑妇，直至找到了合适的证人，我也没有什么话可说了。我确实把东西卖啦。它们已在你们永远得不到的地方了，那又怎么样呢？”

“没有怎么样，”布朗洛先生回答道，“只是这件事有待我们关心一下，你们俩再也不能担任负责工作了。你们可以走啦。”

“小姐，”布朗洛先生转身对罗斯说道，“把手递给我。别发抖，你不用害怕听到我们不得不说的剩下的几句话。”

“倘若它们——我不知道你要说的是什么，可是，倘若它们——与我有什么关系的话，”罗斯说道，“请让我改日再听吧。我现在没有力气，也没有勇气了。”

“不，”老先生挽起她的胳膊说道，“我相信你的意志够坚强的。你认识这位小姐吗，先生？”

“认识。”蒙克斯回答。

“我以前从未见过你。”罗斯有气无力地说道。

“我常常见到你。”蒙克斯回答道。

“这位不幸的艾格尼丝的父亲有两个女儿。”布朗洛先生说道，“另一个女儿——那个小女孩——的命运如何呢？”

“那个小女孩，”蒙克斯回答道，“她父亲客死他乡，没有留下一封信、一个本子或一张纸条可以提供任何一点线索找到他的朋友或亲戚——那个小女孩被一户穷困潦倒的村民领去作为自己的亲生女儿抚养。”

“继续说下去，”布朗洛先生做手势叫梅利太太走上前来，说道，“继续说下去！”

“你根本找不到这些村民经常去的地点，”蒙克斯说道，“可是，在友谊无能为力的地方，仇恨常常会有办法。我母亲经过了一年费心的寻找，终于找到了这个地点——啊，也找到了这个小女孩。”

“她将她带走了，是吗？”

“没有。这户村民很穷，她将她姐姐的羞耻事告诉他们，随心所欲地极尽歪曲之能事。还要他们好好地提防她，因为她出生于不道德的家族，甚至对他们说她是非婚生的，早晚必然要出事。那户村民完全相信了。小女孩在那儿过着悲惨的生活，悲惨得令我们感到满意，直到当时居住在切斯特的一位孀妇偶然地见到了她，可怜她，并把她带回家。我想，有某种可恶的魔法在跟我们作对，因为尽管我们费尽心机，她依然留在那儿，过得很幸福。两三年前我再也见不到她，只是几个月前才重新见到她。”

“你现在见到她了吗？”

“见到了，她就靠在你的手臂上。”

“她仍然是我的侄女，”梅利太太把行将昏厥的姑娘抱住，大声说道，“仍然是我最亲爱的孩子。即便以世界上的一切金银财宝来换，我现在也不愿失去她。她是我可爱的同伴，我自己亲爱的女儿！”

“你是我唯一的朋友，”罗斯紧紧地依偎着她说道，“最仁慈、最好的朋友。我的心要破裂了。我无法承受这一切！”

“你已经承受过了更多的磨难，在这一切的磨难中，你始终是给你认识的每个人带来欢乐的最慈善、最温柔的人，”梅利太太亲切地拥抱着她，说道，“好啦，好啦，亲爱的，别忘了谁在等着拥抱你了，可怜的孩子！喂，你瞧，亲爱的！”

“不是姨母，”奥利弗双手搂住罗斯的脖子，大声说道，“我永远不会叫你姨母的——姐姐，你是我亲爱的亲姐姐，不知怎的从一开始就叫我从心底这么深情地喜欢你！罗斯，亲爱的，亲爱的罗斯！”

让两个孤儿之间在长时间的、紧紧的拥抱中掉下的眼泪和彼此倾诉的断断续续的话语成为神圣吧！

他们单独待了很久很久，门上传来了轻轻的叩门声，最终通报门外有人来了。奥利弗打开门，悄悄地溜走了，让位于哈里·梅利。

“我什么都知道了，”哈里说着，在可爱的姑娘身边坐了下来，“亲爱的罗斯，我什么都知道了。你猜到我是来提醒你许下的诺言的吗？”

“今晚事实的披露，”罗斯温和地回答道，“使我对于你的态度依然跟以前一样。”

“那么，你为什么把痛苦强加在自己头上呢？”哈里牵着她的手说道，

“想一想，亲爱的罗斯，想一想你今晚所听到的。”

“我又听到了什么啦！我又听到了什么啦！”罗斯大声说道，“只不过是深深的耻辱感强烈地影响着我生身父亲，使他避开众人——好啦，我们已经谈得够多了，哈里，我们已经谈得够多了。”

“我的意思只是说，当我上回离开你的时候，我就是带着消除你我彼此之间一切想象出来的隔阂的坚强决心离开的。我拿定主意，如果我的世界不能成为你的世界，我愿将你的世界变成我的世界。我决不让门第的骄气对你鄙夷地撇嘴，以示轻蔑，因为我倒想放弃这样的骄气。我已经这么做了。在英格兰最富饶的一个郡有一片欢乐的田野和波状起伏的树林，在一座乡村教堂旁边——我的教堂，罗斯，我自己的教堂！——坐落着一幢乡村小屋。这就是我现在的地位和身份。在此，我将它奉献在你的脚下！”

* * *

“等待情侣用晚餐是一件令人难受的事。”格里姆威格先生醒过来，掀开了盖在头上的手帕说道，“如果你们允许的话，恕我冒昧地向未来的新娘表示祝贺。”

格里姆威格先生不失时机地将这句话付诸行动，在满脸飞红的姑娘的脸上吻了一下。这个先例因具有感染力，大夫和布朗洛先生都先后仿效。有人断言，人们看见哈里·梅利在隔壁的暗室里已最早开创了这一先例。然而，最优秀的权威人士们则认为这纯属流言蜚语，因为他很年轻，又是个牧师。

“奥利弗，我的孩子，”梅利太太说道，“你上哪儿去啦？你看上去为什么那么伤心？此刻还有泪水悄悄地从你的脸上淌下来。出了什么事啦？”

这着实令人大为失望，破灭了的常常是我们最珍惜的希望，以及给我们的天性带来最大荣誉的希望。

可怜的迪克死啦！

第五十二章

费金活着的最后一夜

刑事法庭从地板到天花板人头攒动，黑压压的一片。一双双好奇的、热切的眼睛从每一寸空间向外窥视。从被告席前面的栏杆到旁听席最靠边的小角落里，所有人的目光都盯着费金一人。

费金就这样在众目睽睽之下，一只手靠在前面的木板上，另一只手挡在耳后，脑袋尽量往前伸，以便听清正在向陪审团宣布对他的指控的审判长说的每句话。现在，审判长的讲话已经结束，但他的目光依然注视着他，保持一副同样全神贯注的紧张姿势，仿佛他还在洗耳恭听似的。

正当费金以不知所措的目光看到这一切时，法庭上又一次出现了死一般的寂静。他回头一看，见陪审员们都已面朝着审判长。嘘！

陪审员们只请求允许离席告退。

终于有人喊了一声肃静，大家屏息着，目光全投向门口。陪审团又回来了，一个个陪审员从他身边走过。接着，法庭一片静寂——没有一点窸窣声，没有任何声息。费金被裁定有罪！

一阵阵巨大的喊叫声响彻整座建筑物。这是法庭外民众响起的一阵响亮的欢呼声，欢呼费金将在星期一被处死的消息。

这时，狱卒用手拉住他的胳膊，唤他离开。他茫然若失地往四下里望了片刻，然后听从狱卒的命令。他们押着他穿过法庭底下的一个地下铺石板的房间，穿过一条以几盏昏暗的灯照明的幽暗通道，进入了监狱的深处。

在这儿他被搜了身，以防他身上可能带有先于法律的行动[1]的工具。这道程序完成之后，他们把费金押入一间死牢里，让他独自待在那儿。

他在门对面的一条又当座椅又当床架的石长凳上坐下来，一双布满血丝的眼睛盯着地面，试图集中思想。过了一会儿，他几乎把审判长说的话都回忆起来了。将他处以绞刑——这是判决书上的最后一句。将他处以绞刑。

天黑时，犹太人开始想起他所认识的那些死于绞刑架上的人。他们中有些人是因为他耍手段而走上断头台的。他们一个接一个如此迅速地站起来，以致他简直数不过来。变化多么突然啊，随着绞刑架下的下落板咔嗒一声落下，他们从身强力壮的男人变成了悬荡着的一堆堆衣服！

星期六夜晚，他只能再活一夜了。当他想到这点时，天亮了——星期天来到了。

直到这可怕的最后一天夜里，一种无助的、绝望的毁灭性感觉，才突然极其强烈地向费金那希望破灭的灵魂袭来；并不是他怀有任何被饶恕的明确的希望，而是在这之前他充其量只能迷迷糊糊地想到这么快就要死去的可能结局。

费金蜷缩在石床上，回想起他的往事。在他被捕的那一天，他被人群中扔来的石块砸伤了，头部还用纱布包扎着。他的红头发垂到毫无血色的脸上；他的胡须被扯乱了，缠绕成结；他的眼里闪着可怖的凶光；肮脏的皮肤因耗尽体力的高烧而皲裂了。八点——九点——十点。倘若这不是吓唬他的花招，而是一个挨一个接踵而至的真正的钟点，那么，当它们再轮一圈的时候，他会在何处呢？明天八点，他将成为自己出殡行列中的唯一送葬人；明天十一点——

这时，布朗洛先生和奥利弗来到了边门，出示了由行政司法长官签署的允许探视犯人的命令。他们马上被准许进入门房。

“这位小伙子也要进去吗，先生？”领他们进来的狱卒问道，“这里不宜让儿童观看，先生。”

“确实如此，朋友，”布朗洛先生回答道，“可是我跟这个囚犯谈的事与这孩子密切相关。而且，由于这孩子见过了该犯人处于春风得意和作恶多端时的样子，因此，我想他现在可以见他，哪怕需要付出的代价是一些痛苦

① 指犯人在被处决之前自杀。

和恐惧。”

这些话是他们在一边私下里说的，奥利弗没有听见。狱卒用手触帽向他行礼，有点好奇地望了奥利弗一眼，把他们进来那道门对面的另一道门打开，领着他们穿过幽暗、曲折的通道，继续朝牢房走去。

他领着他们走进了一间石砌的厨房。他指着一道门，门上有敞开着的格栅，从那儿传来了男人的说话声，还夹杂着锤击声和木板扔在地上的声音。工人们正在搭绞刑架。

他们从这儿穿过了好几道其他狱卒从里面打开的坚固大门，里面那两个值班员交头接耳了一会儿之后，点头示意两位来访者跟着狱卒进牢房。他们跟着进去了。

死刑犯坐在床上，身子来回摇动，其面部表情与其说像一个人，倒不如说像一头落入陷阱的困兽。他的嘴里不停地嘟哝着，似乎没有意识到他们的存在。

“好小子，查利——干得好——”他咕哝道，“奥利弗也是，哈！哈！哈！奥利弗也是——现在简直是个小绅士了——简直——带这个孩子去睡觉！”

狱卒拉着奥利弗那只空着的手，悄声地叫他不要惊慌之后，默默地站在一边观望。

“带他睡觉去！”费金喊道，“你们听见了没有？他一直是这一切的起因。把他培养成才花些钱是值得的——比尔，割博尔特的咽喉，别在意那个姑娘[①]——你尽量地把博尔特的咽喉往深里割，把他的头锯掉！”

“费金。”狱卒说道。

“到！”犹太人大声应道，立即转入他受审时所采取的洗耳恭听的姿势，“我是个老人了，老爷，一个很老的老人了！”

他说话时，一眼看到了奥利弗和布朗洛先生。他马上退缩到石床的最远角落，喝问他们来这儿干什么。

“你手头有一些文件，”布朗洛先生走上前去，说道，“那是一个名叫蒙克斯的人为了更保险起见而交到你手里的。”

“这完全是谎言，”费金回答道，“我什么文件也没有——一份也没有。”

“看在上帝的分上，”布朗洛先生严肃地说道，“现在你已濒临死亡，别

---

① 指南希姑娘。

再说这样的话了，告诉我它们放在哪里。你知道赛克斯已经死了，蒙克斯业已自首，再没有希望得到什么利益了。那些文件放在哪儿？”

“奥利弗，”费金向他招手，大声说道，“喂，喂！让我悄悄地告诉你。”

“我不害怕，”奥利弗松开抓住布朗洛先生的那只手，低声地说道。

“那些文件，”费金把奥利弗拉到近旁，说道，“装在一只帆布包里，藏在顺着顶楼客厅的烟囱往上不远处的一个洞里。我想跟你谈谈话，亲爱的。我想跟你说说话。”

“到外面去！到外面去！”费金把面前的奥利弗往门口推，回答道，并神情茫然地从他的脑袋上方看过去，“你就说我已经睡着了——他们会相信你的。如果你这样带着我，你可以把我带出去。赶快，赶快！”

死牢的门开了，那两个值班员又回来了。

“赶快往前走，赶快往前走，”费金大声说道，“轻轻的，可是别这么慢吞吞的，快点！快点！”

狱卒们抓住费金，让奥利弗从他的手里挣脱出来，将他挡了回去。他不顾死活地挣扎了一会儿，接着发出一声又一声的喊叫。这叫声甚至透过监狱的那些高墙，直至他们来到了空旷的庭院，还在他们的耳际回荡。

他们过了一会儿才离开监狱。奥利弗经过这可怖的一幕之后几乎昏了过去。他身体如此虚弱，以至有一个多小时他根本没有力气走路。

第五十三章

尾　声

过了不到三个月，罗斯·弗莱明和哈里·梅利就在乡村教堂结了婚。从此以后，这座教堂就成了这位年轻牧师的工作场所。同一天，他们就迁入新居，拥有了他们自己幸福的家。

梅利太太开始同儿子和媳妇一起住，以便在平静的有生之年享受年高德劭者才能体验到的最大幸福。

据全面仔细的调查，经蒙克斯挥霍后剩下的财产如果在他本人和奥利弗之间平分，每人只能得到三千镑。根据他父亲遗嘱的规定，奥利弗有权得到全部财产。可是，布朗洛先生不愿剥夺长子改邪归正、从事正当职业的机会，于是提出了这种平分的分配方式。对此，他照管的孩子（奥利弗）欣然接受。

蒙克斯仍然使用这个化名，带着他的这份财产退居美洲新大陆的一个边远地区。在那儿，他很快就将这笔财产挥霍殆尽，再次重操旧业。由于又犯下诈骗罪而遭受长期监禁之后，终于旧病复发，死在牢里。他的朋友费金一伙的主要余党同样的也都客死他乡。

布朗洛先生认奥利弗做义子。他带着奥利弗和年迈的女管家搬到离他亲爱的朋友牧师的住宅不足一英里的地方，了却了奥利弗那热情、诚挚的心中剩下的唯一一桩心愿，这样，形成一个小小的社交团体。

这对年轻人结婚后不久，那位可敬的医生回到彻特西去了。在那儿，根本见不到老朋友，两三个月来，他只是暗示说他担心这里的空气开始使他感到不适，于是，他将业务交给他的助手，自己在他年轻朋友当牧师的那个村子外面租了一幢单身汉乡间别墅住下来。他的身体即刻康复。

在他迁居之前，他就已经设法与格里姆威格先生结下莫逆之交。这位有怪僻的老先生对此也作出了友好的回应。格里姆威格先生在一年期间曾拜访了他好多回。每次造访，他都兴致勃勃地跟他一起植树、垂钓、做木工活。每个星期天，他总是当着年轻牧师的面对布道评头品足。事后，他又私下秘密地对洛斯伯恩大夫说，他认为哈里的布道十分出色。

诺亚·克莱波尔先生因自首并告发费金被女王赦免无罪，又因顾及他的职业并非他所想的那么安全，曾一度找不到轻松的谋生手段。经过一番考虑之后，他充当了告密者。靠着这种职业，他过上了颇有派头的生活。

邦布尔夫妇被免去了圣职之后逐渐变得穷困潦倒，终于成为他们过去曾经在那儿发号施令的同一所济贫院的贫民。

至于贾尔斯先生和布里特尔斯，他们依然留任，只是前者已经秃顶，后头提到的这个男仆的头发也白了许多了。他们睡在牧师寓所，然而对这家人以及奥利弗、布朗洛先生和洛斯伯恩先生伺候得一样周到，以至时至今日，村民们还无法明白他们严格地说应属于哪一家的仆人。

被赛克斯的罪行吓得魂不附体的查利·贝茨少爷开始进行了一连串的反思：决心从事某一新的工作以痛改前非。他曾一度艰难地挣扎，吃了不少苦。但是，由于他有着知足常乐的天性和一心向善的目标，终于如愿以偿。开头给一位农夫干苦活，然后给一名搬运夫当伙计，如今是整个北安普敦郡最快活的年轻牧场主。

我很愿意跟自己交往了这么久的几位书中人物再逗留一会儿，通过竭力地描写他们的幸福来与他们一块分享这种幸福。我愿展现成为少妇以后的罗斯·梅利的全部风韵，我愿描绘她炉边的家庭圈子和欢乐的消夏群体；我愿留心观察她在外慈悲为怀、乐善好施，在家笑容可掬、不知疲倦地履行自己的家庭义务；我愿描写她和已故姐姐的孩子彼此相亲相爱，接连几小时聚在一起，共同描述他们多么悲痛地失去了的亲朋好友；我愿再次地把群集在她膝前的那群快乐的儿女唤到自己跟前，听着他们兴高采烈、咿咿呀呀的学语声；所有这些以及此外她的许许多多的音容笑貌、思维与语言的特征——我都愿一一地回想起来。

布朗洛先生日复一日地、不断地以丰富的知识来充实他义子的头脑，并且，当奥利弗的先天秉性得到了发展、表明自己正是老先生所希望成为的茁壮成长的幼苗时，布朗洛先生变得愈加喜欢他了。同时，两个历经逆境磨炼的孤儿记住了这样的教训：宽厚待人、互相友爱、真诚感谢保佑和保全他们的上帝——凡此种种，皆已无须赘述了。我已经说过，他们确实很幸福。没有强烈的爱，没有仁爱之心，没有对以慈悲为准则、以对世间众生的爱心为伟大特征的上帝的感激之忱，是永远得不到幸福的。

（全文完）

世界文学名著·有声阅读

书名	作者	译者
童年	[苏联]高尔基　著	姜希颖等译
我的大学	[苏联]高尔基　著	施艳群　译
在人间	[苏联]高尔基　著	史丽芳等译
巴黎圣母院	[法]雨果　著	李玉民　译
昆虫记	[法]法布尔　著	陈筱卿　译
八十天环游地球	[法]凡尔纳　著	陈筱卿　译
格列佛游记	[英]斯威夫特　著	张明芳　译
基督山伯爵	[法]大仲马　著	李玉民　译
木偶奇遇记	[意大利]科洛迪　著	凌　喆　译
名人传	[法]罗曼·罗兰　著	陈筱卿　译
鲁滨孙漂流记	[英]笛福　著	王晋华　译
简·爱	[英]夏洛蒂·勃朗特　著	宋兆霖　译
飘	[美]米切尔　著	朱攸若　译
格林童话	[德]格林兄弟　著	金洪良　译
安徒生童话	[丹麦]安徒生　著	石琴娥　译
高老头	[法]巴尔扎克　著	詹　婷　译
莫泊桑短篇小说精选	[法]莫泊桑　著	李玉民　译
汤姆·索亚历险记	[美]马克·吐温　著	袁翔华　译
泰戈尔诗选	[印度]泰戈尔　著	张炽恒　译
天方夜谭	[阿拉伯]佚名　著	郅溥浩等译
爱丽丝漫游奇境	[英]卡罗尔　著	冷　杉　译
假如给我三天光明	[美]海伦·凯勒　著	袁红艳　译
希腊神话故事	[德]施瓦布　著	高中甫　译
茶花女	[法]小仲马　著	李玉民　译
伊索寓言	[古希腊]伊索　著	杨海英　译
瓦尔登湖	[美]梭罗　著	王义国　译
欧·亨利短篇小说精选	[美]欧·亨利　著	王晋华　译
欧也妮·葛朗台	[法]巴尔扎克　著	傅　雷　译
契诃夫短篇小说精选	[俄]契诃夫　著	徐美娥　译
爱的教育	[意大利]亚米契斯　著	夏丏尊　译
呼啸山庄	[英]艾米莉·勃朗特　著	宋兆霖　译
堂吉诃德	[西班牙]塞万提斯　著	刘京胜　译
海底两万里	[法]凡尔纳　著	陈筱卿　译

世界文学名著·有声阅读

书名	作者	译者
复活	〔俄〕列夫·托尔斯泰　著	吴兴勇　译
大卫·科波菲尔	〔英〕狄更斯　著	宋兆霖　译
地心游记	〔法〕凡尔纳　著	陈筱卿　译
培根随笔集	〔英〕弗兰西斯·培根　著	尹丽丽　译
傲慢与偏见	〔英〕奥斯丁　著	王晋华　译
神秘岛	〔法〕凡尔纳　著	顾微微　译
吹牛大王历险记	〔德〕拉斯伯　著	邵灵侠　译
红与黑	〔法〕司汤达　著	罗新璋　译
绿山墙的安妮	〔加〕蒙哥玛丽　著	姚锦镕　译
汤姆叔叔的小屋	〔美〕斯托夫人　著	李自修　译
钢铁是怎样炼成的	〔苏联〕奥斯特洛夫斯基　著	周　露　译
三个火枪手	〔法〕大仲马　著	李玉民　译
尼尔斯骑鹅旅行记	〔瑞典〕拉格洛夫　著	石琴娥　译
雾都孤儿	〔英〕狄更斯　著	黄水乞　译
小王子	〔法〕圣埃克苏佩里　著	尹丽丽　译
安娜·卡列尼娜	〔俄〕列夫·托尔斯泰　著	力　冈　译
草原上的小木屋	〔美〕怀尔德　著	郑　澈　译
苦儿流浪记	〔法〕马洛　著	唐　珍　译
捣蛋鬼日记	〔意大利〕万巴　著	方小济　译
少年维特的烦恼	〔德〕歌德　著	高中甫等译
柳林风声	〔英〕格雷厄姆　著	张炽恒　译
福尔摩斯探案集	〔英〕柯南·道尔　著	谷雨天　译
老人与海	〔美〕海明威　著	张炽恒　译
母亲	〔苏联〕高尔基　著	吴兴勇等译
秘密花园	〔美〕伯内特　著	姚锦镕　译
金银岛	〔英〕斯蒂文森　著	张贯之　译
居里夫人自传	〔法〕玛丽·居里　著	陈筱卿　译
水孩子	〔英〕金斯利　著	张炽恒　译
小鹿班比	〔奥〕费利克斯·萨尔登　著	杨曦红　译
绿野仙踪	〔美〕弗兰克·鲍姆　著	张炽恒　译
哈姆莱特	〔英〕莎士比亚　著	朱生豪　译
夜莺与玫瑰	〔英〕王尔德　著	林徽因　译
莎士比亚悲剧集	〔英〕莎士比亚　著	朱生豪　译

世界文学名著·有声阅读

书名	作者	译者
莎士比亚喜剧集	〔英〕莎士比亚　著	朱生豪　译
人性的弱点	〔美〕戴尔·卡耐基　著	闫晓红　译
蒙田随笔集	〔法〕蒙田　著	肖　亮　译
安妮日记	〔德〕安妮·弗兰克　著	杨　平　译
了不起的盖茨比	〔美〕菲茨杰拉德　著	沈学甫　译
百万英镑	〔美〕马克·吐温　著	李慧懿　译
牛虻	〔爱尔兰〕伏尼契　著	曹玉麟　译
战争与和平	〔俄罗斯〕托尔斯泰　著	肖　亮　译
悲惨世界	〔法〕雨果　著	李玉民　译
月亮和六便士	〔英〕毛姆　著	王晋华　译
王子与贫儿	〔美〕马克·吐温　著	姚锦镕　译
最后一课	〔法〕都德　著	段满福　译
父与子	〔德〕埃·奥·卜劳恩　绘	
稻草人	叶圣陶　著	
宝葫芦的秘密	张天翼　著	
呼兰河传	萧　红　著	
鲁迅杂文精选	鲁　迅　著	
朝花夕拾	鲁　迅　著	
呐喊	鲁　迅　著	
你是人间的四月天	林徽因　著	
朱自清散文精选	朱自清　著	
徐志摩精选集	徐志摩　著	
城南旧事	林海音　著	
繁星·春水·小桔灯	冰　心　著	
茶馆·龙须沟	老　舍　著	
骆驼祥子	老　舍　著	
家书	傅　雷　著	